DAS HERZ WIRFT IN DER BRUST KEINEN SCHATTEN

NOEMI SOMALVICO

ERZÄHLUNGEN

NOEMI SOMALVICO

DAS HERZ WIRFT IN DER BRUST KEINEN SCHATTEN

ERZÄHLUNGEN

VELO

für N., meine Leber

ROOM PIECE II

Sleep in separate rooms.
Whisper to each other.
Sleep in separate cities.
Sleep in separate countries.
Sleep on separate planets.
Whisper to each other.

Yoko Ono

EIN ANDERES WORT ALS LEUCHTEN

Ich kannte Laberger eine knappe Stunde, als er schon anbot, mich zu küssen. Den Ring an seinem Finger hatte ich gesichtet, noch bevor ich mir in der sanften Tiefe seiner Augen abhandenkam. Ein glatter Ring, aber goldig, aber fein –

Er sei verheiratet, sagte Laberger.

Ich habe Herpes, sagte ich und deutete auf meine Oberlippe. So standen wir unter der einen oder anderen Rosskastanie.

Seinen Vornamen, sagte Laberger, habe ihm ein venezianischer Platz gegeben. Ich wusste schon, als er es sagte, dass ich mich, sobald wir uns verabschiedet hätten, über eine Venedigkarte beugen würde und alle Namen aller Plätze aufschreiben.

Aber jetzt beugte Laberger sich noch einmal zu mir, es kam mir vor wie ein Zaubertrick, den ich nicht kannte. Der Trick war, dass er seine Wange ganz leicht an meine legte, wir die Wärme des Anderen erfassten. Nebenbei atmete ich das Früchteshampoo seiner Frau ein.

An dem Abend kündete Klüngi an, eine Woche wegzufahren, ein Bergführer sei ausgefallen und er übernehme die Tour durch die Dolomiten. Während ich über Venedig gebeugt war, hing Klüngi über dem Südtirol und der Wetterapp. Er notierte mit rechts. Seine linke Hand war frei, meine rechte auch, sie lagen gewohnheitsbedingt ineinander.

Einen Tag später sass Laberger auf unserem kleinen Balkon, vor Klüngis verdorrten Tomatenstauden. Gestern lag schon lange zurück, mir schien, der Sommer hatte sich eingerichtet. Und auch Laberger hatte alle Glieder ausgestreckt, da sonnte sich ein Bein, dort baumelte ein Arm. Ihm sei, als wäre er eine Taschenlampe, die sich stets von selbst auflade und nie neue Batterien brauche, sagte Laberger. Seit er ein Kind sei, leuchte etwas in ihm und höre nicht auf damit.

Als er vier Stunden später neben mir lag, sah ich nach, ob ich das Taschenlampenlicht erkennen konnte und tatsächlich hielt sich ein Schimmer auf seiner Lippe, der nicht vom Mondlicht kommen konnte. Mir kamen ein paar blaue kleine Flammen in den Sinn, die ich im Süden der Türkei mal gesehen hatte. An einem Berg, dessen Namen ich nicht erinnere, kamen diese Feuer mitten aus dem Stein geschossen. Es hatte nach Schwefel gerochen. Die Touristinnen hatten ihre Finger ausgestreckt und sich mit Absicht verbrannt.

Laberger war viele Menschen in einem und hielt, wie mir schien, sämtliche Widersprüche zärtlich beieinander. Er schrieb grossartige SMS aus der Theatervorstellungspause. Aus der Maske. Nebst Schauspieler war er auch noch Musiker, Regisseur und hatte für mich diese kurzen Minuten oder ein Viertel Wochenende.

Ich lud ihn zum Essen ein. Um ihn anzuschauen. Um ihn anzuschauen, während er auch noch meine Spaghetti ass.

Er schmatzte wie ein Wildschwein und erklärte mir etwas über die Sprachverschiedenheiten, wie er sie erlebe, wie er das Italienisch seiner Mutter träume und das Deutsch seines Vaters für die Bücher gebrauche, die er lese. Auch rappe er am liebsten auf Hochdeutsch.

Dazwischen leuchtete er mich an.

Kannst du das nicht anders ausdrücken, hat meine Freundin Schüpp mich gefragt. Ein anderes Wort als leuchten?

Es sei einfach höchst selten geworden, erwiderte ich, dass wer sich noch traut, so zu leuchten, ohne Sarkasmus.

Das klingt esoterisch, sagte Schüpp.

Als Laberger später, wir schlenderten vom Rosengarten runter, mit seiner Frau telefonierte, sprach er Serbisch. Mit seinem älteren Kind sprach er Italienisch, er sagte immerzu amore ins Telefon. Amore, amore und ich verstand, dass ich seine leise, schweizerische Bekanntschaft war und dass er in jeder Sprache mindestens eine Geliebte hatte.

Weil Schüpp es nicht vertrug, dass da ein Laberger in mein Leben gesprengt war, schwärmte ich eben meiner Mutter vor. Damit sie sich auch ein Bild machen konnte, lud ich sie ein, mit mir Laberger in der Hauptrolle des Stücks Antigone anzusehen. Das Stück war düster. Steinimitate als Bühnenbild und viel Text. Laberger war hervorragend, unsere Sitze aber zu weit hinten, um die Regungen seines Gesichts wirklich sehen zu können. Als meine Mutter nach dem Auftritt Laberger zum ersten Mal von Nahem sah, fragte sie nach der Stoffsorte seines Kostüms. Ich dachte, Mutter, jetzt hat er dir auch schon das Gehirn gestohlen. Laberger schaute einfach, lachte einfach, er tat alles einfach und aus nichts als Lust. Fünf Minuten, nachdem sie Laberger die Hand scheu geschüttelt hatte und gegangen war, rief meine Mutter mich an, um zu sagen, dass es wahrscheinlich doch eine sehr gute Idee wäre, mit Laberger ein Kind zu haben.

Dass ich in einer Beziehung mit Klüngi war und keine Kinder wollte, schien sie kurzzeitig vergessen zu haben. Es ist ihr nicht zu verübeln.

Mutter, sagte ich, er ist verheiratet. Er hat zwei Kinder, ein Haus, Schwiegereltern.

Ja, sagte sie, na und?

Laberger hatte mir Bilder seiner Frau mit dem langen, zweifarbigen Haar gezeigt. Bilder von ihrem sonnigen

Gesicht. Bilder von ihr mit Kind auf dem Schoss, sie ist nackt und das Kind trägt eine Windel, weisse wie die Hoffnung. Ein Kind auf den Oberschenkeln hiess keine übergrosse Angst vor Erdbeben, Schüttelfrost, schlechter Stimmung, Überpopulation. Es heisst aber auch, sagte Laberger mir, sich freuen über den Wandel der Zeit, sei er noch so düster, und seine Kinder und er und der Rest der Welt seien ja dabei, falls unser letztes Stündlein schlagen sollte.

In der Hochblüte meiner Euphorie geschah es, dass ich vor meiner Haustür stand und mir nicht vorstellen konnte, je wieder an einem Tisch zu sitzen, ich hatte auch den Eindruck, nie mehr hungrig sein zu müssen, und ich rannte an meiner Wohnung vorbei und in einem Neunzig-Grad-Winkel die Strasse hoch, und mein Herz pumpte und pumpte, und ich wusste, ich musste nie mehr bangen, das Leben nicht ausreichend gekostet zu haben. Als sei noch nie was anderes passiert, jagte ich über fünfzehn Hügel und manchmal beschleunigte ich ins Unermessliche und warf so den Oberkörper zurück. Ich war abstrus wie alle Verliebten, die unter einem bedeckten Himmel eigenartige Wunderleistungen erbrachten.

Der Typ, der hundert Stunden im Eis hatte sitzen können, ohne dass ihm auch nur der kleine Zeh taub geworden war, dachte ich, konnte nichts anderes gewesen sein, als richtig übel verliebt.

Ich glaube, meine Gehirnstruktur war bei allem Grössenwahn schon etwas eintönig geworden. Ich übertrug Labergers SMS in ein schönes Buch. Ich schnitt den venezianischen Platz, der ihm seinen Namen gab, aus der Karte. Ich stellte mit den Buchstaben seines Namens Anagramme her. Las alles, was ich zu seinem Sternzeichen fand. Ich zählte die Stunden, bis zu unserem Wiedersehen, während ich seine Lieder pfiff.

Klüngi musste unterdessen schon den grössten Teil der Tour hinter sich gebracht haben. An ihn und das aktuelle Tages- wie Weltgeschehen dachte ich abends, wenn ich allein im Bett lag. Wie mag es ihm ergangen sein auf dem mittleren Eisfeld? Ich schickte eine SMS. Die Nachricht traf nicht ein, wahrscheinlich hatte Klüngi keinen Empfang. Ich blätterte in seinem Alpenkrimi, der schon lange auf dem Nachttisch lag, den auch Laberger sich angeschaut hatte, aufgeklappt, hineingeguckt und dann wieder geschlossen. Klüngi, was ist das für einer?, hatte er wissen wollen. Ein grauer, guter Esel, dachte ich und sagte: Klüngi halt.

Laberger hatte auf seinem Weg nach Serbien zu Frau und Kindern einen Zwischenstopp bei mir eingelegt. In einem alten VW, mit Hund und Plazenta im Gepäck. Er müsse die in meiner Gefriertruhe zwischenlagern, zurück in Serbien dann im Garten verbuddeln.

Er hatte diesen eleganten, schwarzen Hund, der auf einem für ihn mitgebrachten Federbett lag. Einmal hustete der Hund. Als sei er verlegen, weil er Zeuge wurde unserer Zärtlichkeit oder vielleicht auch einfach nur, weil er der Hund von Labergers Frau war.

Laberger meditierte täglich eine Stunde, und als ich durchs Schlüsselloch guckte, sah ich ihn kerzengerade in meinem Zimmer stehen. Mit den Armen formte er einen Kreis vor sich, als halte er alle komplizierten Energien von sich fort. Ich hörte ihn laut ausatmen und seufzen.

Dass Klüngi bis jetzt nicht geantwortet hatte, fiel mir nicht auf, Laberger nahm mich bis unter die Fingernägel ein. Um siebzehn Uhr kündigte er an, heute noch eine Zusatzmeditation einzulegen, und ich sah mich schon mit seinem Hund vor der Tür sitzen und sagte, dann gehe ich unterdessen jemanden besuchen. Jemand war Schüpp, die in ihrer Bar arbeitete. Ich brach noch vor dem Tresen zusammen, warf die Arme aus, erwischte einen Barhocker. Dort hing ich dann.

Schüpp rief: Aufgebraucht!

Ich sagte, sieht nur so aus.

Sie tat, als streue sie Zucker über mich.

Sie füllte mir etwas in ein Glas, ich trank. Dein Gesicht rutscht dir ja fast runter.

Ich habe kein Talent, hörte ich mich antworten, mich länger als vier Tage mit einem grossartigen Menschen wie Laberger abzugeben und seit ich ihn kenne, habe ich Durchfall. Ehrlicher Rat einer Freundin, sagte Schüpp, vergiss den Typen, der steigt dir bald durch die Schädeldecke.

…aube, er kann über Wasser gehen, sagte ich.

…ie glaube, sagte Schüpp, was gerade passiere, habe …inen Namen in der Biochemie. Würde ich noch fünf weitere Jahre so verschossen sein, würde es tödlich enden. Das habe sie gelesen und sie glaube daran.

Ich seufzte und dachte: Schüpp. Hol mich jetzt bitte nicht auf den Boden zurück.

Bestimmt war sie neidisch. Schüpp wohnte seit Jahren wie ich mit Klüngi, aber mit Geiser. Wann hatte sie zum letzten Mal jemanden mit jeder Faser ihres Körpers geküsst? Ich war mir sicher, auch Schüpp wünschte sich nichts mehr, als dass wer anspaziert käme und sie aus der eigenen Haut fischte.

Laberger schien immer noch zu meditieren, die Zimmertür war noch geschlossen. Ich öffnete das Gefrierfach und fotografierte die in eine Plastikfolie gewickelte Plazenta. Wir hatten für den Mutterkuchen eine Packung von Klüngis Spinat aus dem Fach nehmen müssen.

Klüngi schrieb. Komme früher zurück Herz. Ich verstand nicht, meinte er Herz, sein Herz, er sei das Herz oder er schickte ein Herz oder ich war das Herz.

Wann genau?, schrieb ich.

Laberger war ja noch da und leuchtete.

Wann fährst du, fragte ich ihn.

Nachts. Dann hätten wir noch ein paar Stunden zusammen. Was war in jenen letzten Stunden noch zu tun? Wir fuhren mit Labergers Auto in der Gegend rum. Laberger steuerte vom Beifahrer aus, ich bediente die Pedale, wir küssten uns, zweimal fuhren wir fast in eine Mauer.

Im Kofferraum sass der Hund neben der Plazenta. Es musste auch ihm vorgekommen sein, wie der Ritt durch einen letzten Traum.

Eine Stunde nachdem Laberger gegangen war, kam Klüngi nach Hause. Seine Socken stanken, er blieb eine halbe Stunde unter der Dusche stehen und ich vergass, hineinzulinsen, wie ich es sonst immer tat. Es war ihm nicht aufgefallen, dass ich ganz verschmälert war, das Verliebtsein hatte mich verspeist, Laberger hatte sich für mich als eine Art Darmkur erwiesen.

Klüngi stand im Zimmer, der altbekannte Esel mit den grauen, geknickten Ohren. Er fragte mich, wie es mir gehe, ich sagte müde.

Wahrscheinlich war mir an Klüngi auch das meiste entgangen, nur seine Augen fielen mir auf, sie waren sehr klein vom Berglicht.

Klüngi fand das Bett toll. Das Kissen. Er sagte, endlich wieder mal ein gutes Kissen.

Gutes Küssen, hörte ich zuerst.

Er ächzte und bog einen Arm um mich herum.

Nichts war besonders.

Als er fast eingeschlafen war, fragte ich ihn:

Hörst du noch etwas? Eine gemeine Frage,

schliesslich wusste er nichts von dem, was in der letzten Woche hier passiert war.

Klüngi sagte, ja, ein bisschen.

Wie klingt es?, fragte ich.

Klüngi sagte, ein Geschnatter ist es.

Und ich lachte ein Lachen, das wahrscheinlich eher Labergers Lachen war.

Ich guckte zu Klüngi rüber, der die Augen geschlossen hielt, ich fragte mich, ob er es wusste, dass das mein neues Lachen war ab heute.

Damit ich mich später noch erinnern würde, erklärte ich mir auf einer Tonaufnahme, wie Laberger gelacht hatte. Dieses Lachen wollte ich speichern, diese unbändige Lebensfreude musste ich mir für später unbedingt aufbewahren. Ich erklärte, wie ein Laberger lacht. „Hals in die Höhe recken, den Kopf leicht in den Nacken werfen, mit den Augen beginnen, Augen aufreissen, und den Mund noch geschlossen, dann Lippen in die Breite und das Kinn gegen vorn recken. Zum Schluss Lippen öffnen." Im Bus lehnte ich an die Scheibe und vergoss dramatische, aber warme Tränen, die an den bekritzelten Scheiben entlanglaufen konnten.

Klüngi warf die vertrockneten Tomatenstaude über das Geländer. Lag auf dem Balkon im Stuhl und sonnte sich.

Eselchen, sagte ich.

Ich legte mich an seinen grauen Rücken und er hob ein klein bisschen den Kopf, als ich ihn kraulte. Dann stand er auf einmal auf. An Kraft hatte es ihm nie gemangelt, er war kein kleiner, schwacher Esel, eher mittelgross und ziemlich stark. Wir buckelten zusammen die drei Stufen runter und gingen Richtung Stadt, an Schüpps Bar vorbei. Ich lag auf seinem Rücken und kam mir weihnachtlich vor.

Wo soll ich dich hinbringen?, fragte Klüngi, und: Wie heisst er?

Laberger, seufzte ich.

Wo wohnt er?, fragte Klüngi.

Er schielte über seine Schulter und auf meinen pendelnden Arm.

Laberger, sagte Klüngi, das klingt, als wohne er im Museumsquartier.

Nein, sagte ich.

Das klingt, als wohne er in der Baumallee.

Nein, sagte ich.

Wo wohnt er dann?, fragte Klüngi.

Aber bevor das in ein unendliches Ratespiel abdriften konnte, sagte ich Klüngi, dass er in Serbien lebe. Bei seiner Frau und seinen Kindern.

Klüngi sagte Aha.

Er schleppte mich noch ein bisschen rum. Irgendwie wusste ich, als Klüngi mich ins Bett steckte, dass die Plazenta inzwischen vergraben war. Nicht sonderlich tief, aber direkt unter einem ganzjährig blühenden Busch. Und wenn Laberger einmal wieder alle Poesie zusammenraffte und mir eine SMS schrieb, liess ich mich wegfetzen.

DAS ORDENTLICHE GEBISS DES LIEBHABERS

Äh schweigen wir grad zusammen oder schweigst du allein?

Daniel Mezger

Eine schwarze Brille hat mal mir gehört, ich habe sie verloren. So wie mir in jener Zeit einiges abhandenkam, Brille, Kleidungsstücke und mein Sinn für das Unbeschwerte. Mit einer Maulwurfbrille als Ersatz, einer alten, mit unzureichender Korrektur, fuhr ich nach Marseille. Einem beinahe unbekannten Liebhaber hinterher, der meine Hoffnung in seinen Koffer gepackt hatte. In Marseille, wo er über Kriminalität forschte, bin ich in einem Hostelzimmer gesessen, das kein Fenster hatte, und die Tage sind nicht vergangen. Oder erst im Nachhinein.

Zwei Tage nach meiner Ankunft versuchte ich an Rauschmittel zu kommen. Der Liebhaber lachte, als er davon hörte, ob ich mich ganz öffentlich an seinen Kriminalitätsstudien beteiligen wolle? Nein, es war mir bloss als gute Idee erschienen, mein Dasein mal kurz auf den Kopf zu stellen und all das Unbrauchbare da rausrieseln zu lassen. Als ich aber ein paar Dealer, die auf einem Parkplatz Kartentürme bauten, nach LSD fragte, wurde mir mit beinah rührender Freundlichkeit der Weg zur nächsten Apotheke gewiesen.

Wie wärs mit einer neuen Brille, schlug Herold per SMS vor. Du musst doch scharf sehen, sonst verschwimmen dir bald auch noch die Gedanken. Die schwammen schon lange.

Mit geschlossenen Augen stand ich unter der Dusche, mir behagte das Gefühl meines lang gewordenen Haars, wenn es sich mit dem Wasser über meinen Rücken zog. Ich brauche nicht scharf zu sehen, dachte ich. Mag sein, dass ich insgeheim die Hoffnung hegte, stattdessen mein Gehör zu schärfen oder aber einen zusätzlichen, einen Geheimsinn zu entwickeln.

Der Liebhaber, er wohnte seinerseits in einem schäbigen Unterdererdezimmer, liess sich tagsüber nie blicken. Nur abends tauchte er auf, eine Flasche Raki in der Hand. Raki heisst Schweiss auf Arabisch, behauptete er. Der Schweiss sollte uns geschmeidig machen. Der Liebhaber setzte die Flasche an, die Schlucke hallten in seiner Speiseröhre.

Was ist heute bei dir passiert?, fragte er.

Ich dachte an mein Irren durch die Strassen von Belle de Mai, immer dem aktuellsten Bedürfnis hinterher, Harndrang, dann auch schon wieder Koffeinbedarf,

Hunger, wieder Harndrang, Erholungsbedarf. Nichts gebündelt. Alles in halbstündlich freundlichem Abstand zueinander, sodass ich kaum gesättigt auch schon wieder einen Platz für eine Siesta suchen musste und alsbald so etwas wie Bäume gefunden, auch schon wieder aufs Klo hätte gehen müssen.

Ich verliess meinen eben ergatterten Platz unter ein paar Platanen, um mich hinter einem Busch hinzukauern, und ich dachte, der Boden wird mir hier noch dankbar sein, und wässerte. Als ich die Hose hochgezogen hatte, sass eine ältere Frau auf der Schattenbank. Dass ich meinen Hut dort hinterlegt hatte, quasi als Depot, schien sie nicht zu interessieren. Manchmal ist mir die Selbstverständlichkeit, mit der andere Raum beanspruchen, die Füsse hochlagern, zeltgrosse Zeitungen ausbreiten, schleierhaft. Obschon die selbigen vielleicht nicht in lichte Gebüsche pinkeln würden. Ich habe schon auch meinen Mut, sagte ich mir. Und habe hin und wieder gegen das eine oder andere belanglose Gesetz verstossen.

Der Urin war nur gemächlich versickert, zu trocken der Boden, und dem Liebhaber, der mir jetzt unverhohlen ins Gesicht sah, sagte ich: Ich war beim öffentlichen Turnen im Park.

Er fragte nicht nach, erzählte von einem Meeting mit einer Mafiaexpertin.

The French Connection, sagte er.

Dann legte er mir eine Hand aufs Knie. Oder schob sie unter mein T-Shirt. Ich kam nicht dazu etwas Schlüssiges zu empfinden, an dieser Intimität war das meiste verkehrt. Ich deponierte meine Maulwurfsbrille auf dem Nachttisch. Fasste eins des Liebhaberbeine. Wühlte in den chaotisch wachsenden Haaren. Er unterdessen lehnte sich über die Matratze und wühlte in seinen Taschen nach einem Kondom.

Meine fehlende Ergriffenheit irritierte ihn nicht, er hatte mich nicht anders gekannt, er schob sich in mich hinein. Ich dachte: Ich werde immer leichter, ich dachte es als Witz. Einmal fragte er mich, warum ich ihn nicht küsste. Ich küsste ihn nie, ich liess auch kein einziges Mal mein ganzes Menschengewicht auf seinen Bauch sinken.

Nachdem der Liebhaber ein Liedchen gesummt hatte, offenbar was neu Erlerntes auf Französisch, ging ich duschen. Fünf Kabinen nebeneinander, ich verschwand in der hintersten und atmete tief aus. Als er mir dieses Mal nachschlich, um sich unter den schmalen Duschkopf zu stellen, drehte ich das Wasser auf kochend heiss, sodass er erschrocken zurückzuckte, und ich sagte, ich müsse mindestens so heiss, ich fröre sonst. Da erwiderte er tonlos: Kein Problem, dann gehe ich in eine eigene Kabine. Ich nickte und sah seine Füsse, die sehr runden Zehen, und ich schämte mich für meine kompromisslose Fiesheit, da diese trolligen Füsse, da der Liebhaber für meine Schieflage nicht verantwortlich war.

Wir spazierten schweigend durch die Stadt, hin und wieder sah ich am Ende einer Strasse schon das Meer mit seiner Ewigkeit beginnen.

Eine SMS traf ein. Herold fragte mich nach den Temperaturen in Marseille und schickte mir ein Bild aus Basel; die Johanniterbrücke in einem mystischen Nebel.

Meine Antwort war der Asphalt unter meinen Turnschuhen. Wo Kaugummi klebte und etwas Hellrosa aus Plastik, vielleicht ehemals ein Seifenhalter.

Herold schrieb, wie geht's?

Ich schickte einen anderen Ausschnitt des Bodens. Hier lagen lauter Zigarettenstummel.

Herold schrieb, kein Wort mehr übrig?

Ich esse Sesamstangen, schrieb ich und neben mir sitzt einer, dessen Namen ich mir nicht merken kann.

Ich muss zugeben, dass mir meine düsteren Antworten gefielen.

Herold schrieb, geh am besten Trampolinspringen. Und dann komm zurück.

Wo sich in Marseille die Trampoline befinden, habe ich nie herausgefunden. Wahrscheinlich gibt es unzählige in den Gärten der wohlhabenden Quartiere, wo Kinder ihre Sprungfedern trainieren, aber dort hin zu gelangen, an der Tür zu klingeln und zu sagen, Bonjour, je peux ...?, lag mir fern. Gewiss wäre ich beim Hüpfen beobachtet worden, argwöhnisch, durch ein Küchenfenster. Und danach vielleicht noch zu einem Tee im Wintergarten eingeladen, wo Kinder mir ihre verschiedenen Kanarienvögel vorgeführt hätten.

Ich habe schon vielen älteren Menschen zugehört, die ihr Leben auf eine Weise zusammenfassten, als sei das eine ganz logisch aufs andere gefolgt. Und dann unverhofft das Geschäft meiner Tante übernommen. Und dann zehn Jahre im Kloster. Und dann gemerkt, dass es was ganz anderes war, was ich wollte. Ich fragte mich, ob ich später auch so würde erzählen können, ohne ins Blaue hinaus zu erfinden. Bis anhin war mein Leben eher aus Tagen bestanden. Der eine Tag rückte dem nächsten auf und löste ihn wortlos ab. Vielleicht würde sich im Nachhinein sagen lassen: Besinnungslose Zeit in Marseille im Frühling meines 33. Lebensjahrs, aber hätte ich dann nicht länger bleiben müssen, ein paar Jahre wenigstens?

Es war noch keine Woche vergangen, da stand ich vor einer Kirche. Zwischen anderen, die die Kirche fotografierten oder die Tauben, wenn sie aufflatterten und an eine andere Stadt erinnerten. Unter einem roten Schirm erklärte eine Frau auf Spanisch etwas zur Inquisition, niemand machte Notizen, alle sahen irgendwohin und folgten ihren Schritten entlang den Kirchenseiten. Ich dachte noch darüber nach, ob es mich freuen würde, jeden Morgen dasselbe am selben Ort zu erzählen, da umfasste auf einmal etwas mein Bein. Fast wäre ich zusammengezuckt, aber die Berührung war so zart und so selbstverständlich, dass ich ganz langsam zu diesem, meinem rechten Bein heruntersah. Es umschlang ein Kind mein Knie. Es hielt sich fest, als sei mein Bein ein sicherer Ort. Der einzige sichere Ort, den es hier in der Umgebung gefunden hatte. Ich spürte seine Fingerchen an meiner Wade, und die Haare seines schwarzen Schopfs. Es war vertieft im Sich-Festhalten und ich war vertieft im Mich-nicht-Regen, während etwas mich ergriff, aus einer weit entfernten Zeit hinauslangte.

Und ich wusste, dass es sich nur noch um Sekunden handeln konnte, dass der Schopf sich heben würde und das Kind mich, die Fremde erblicken, sich erschrecken würde.

An jenem Abend fragte der Liebhaber nicht nach, was heute bei mir passiert war. Obschon ich es zum ersten Mal so deutlich hätte sagen können. Das Kind, mein Knie. Er war, sobald auf meinem Bett, eingenickt, als wolle er von meinem Entschluss gar nicht erst hören. Der Liebhabermund klappte auf. Von der Deckenlampe kam ziemlich viel Licht in diesen Mund. Ich sah seine massgeschneiderten Zähne, die Zunge, es reicht, dachte ich und hätte fast laut gelacht. Sein Gebiss war ordentlich, nichts daran war auffällig, schief, ich hatte an diesem lückenlosen Gebiss nichts verloren, ich war seinem Koffer nachgereist und als müsse es jetzt sofort und in der Heimlichkeit unter seinem Schlaf passieren, räumte ich all meine Sachen zusammen und schlich hinaus.

Als ich mich umdrehte im Türrahmen, weil das dazuzugehören schien, überkam mich noch einmal Mitleid. Wie das, was ich empfunden hatte, als ich in der Dusche seine runden Zehen gesehen hatte. Wie er dort lag und von so vielen Dingen etwas wusste, nur nicht in dem Moment, in dem Moment wusste er nichts. Die Schlüssel klimperten, als ich sie auf den Tresen des Hostels legte, neben ein Heiligenbildchen.

Beim Trampolinspringen, schrieb mir Herold, werde einem das Frohe eigentlich aufgezwungen. Denn wenn du einmal hochspringst, federt dich das Trampolin wie von selbst noch ein zweites Mal in die Luft. Und gehst du dann leicht in die Knie, bist du als nächstes höher als geplant, erreichst du jenen toten Punkt und bist du für den Bruchteil einer Sekunde die Kontrolle los. Dann gurgelt dir vielleicht etwas durch die Kehle hoch.

Als ich Herolds Nachricht las, fiel mir ein, woran ich früher stets geglaubt habe: dass ein Mensch sich fortwährend selber überraschen konnte, insgeheim ein anderer werden und es später erst bemerken.

Es war so angenehm, etwas zu wollen, nach Hause zu wollen, zu Herold in die Küche und neben den rumpelnden Kühlschrank. Ich fürchtete auf einmal, noch auf dem Weg zum Bahnhof verhindert zu werden. Dass mich jetzt noch wer um Hilfe bäte, mir etwas Grosses in den Weg stellte oder ich in ein Auto gezerrt würde, nachdem ich mir in den letzten Tagen hin und wieder eine Entführung gewünscht hatte. Ich wollte es senkrecht zum Bahnhof schaffen und kein einziges Mal auch nur über den Stiel eines Apfels stolpern.

FLECKEN UNTERSCHIEDLICHER AUSSAGEKRAFT

Ein Hund ist er nachts, ein Hund in Fieberträumen, er zuckt. Ein Wimmern kommt aus seiner Brust und wenn der Wecker piept, holt er Luft, nimmt er Anlauf, als sei Atmen eine weitere mühselige Aufgabe, die das Leben ihm stellt.

Ich hab die Augen geschlossen, die Geräusche sind im Ohr, bevor ich sie höre. Die Sprühstösse des Parfums, einmal Hals, einmal Bauch, dann die Gurtschnalle. Ich höre ein Medikament, dann das zweite aus dem Blister klicken. Höre ihn mit Wasser nachspülen. Manchmal fasst er noch kurz mein Bein an, eine Schulter, je nachdem, was näherliegt.

Danach ist es in meinem Zimmer still.

Piet hat all seine Geräusche mitgenommen.

Und während hier das erste Licht herein will, wird er schon im Kittel vor dem Spind stehen. Kein Schmuck, den er noch ablegen müsste. Wahrscheinlich hat er den ersten Kaffee schon getrunken. Wahrscheinlich geht der Hörter an ihm vorbei, sagt: Morgen, Piet. Und Piet schliesst kurz die Augen, tankt eine Sekunde von der nichtssagenden Schwärze hinter seinen Lidern.

Während er im Spital Dinge tut, von denen ich nur die Begriffe habe; Pleurapunktion, Kocher-Keilexzision, Suprapubischer Blasenkatheter, fülle ich Wettbewerbsformulare aus.

Inzwischen gibt es gute Websites, die alle laufenden Wettbewerbe sammeln. Meist brauchst du nicht mal ein Lösungswort. Klickst nur an, dass du teilnehmen willst und mit etwas Glück gewinnen. Gewinne mit etwas Glück einen 20-kg-Käselaib, einen edlen Tisch, eine Matratzenreinigung im Wert von 124 Franken.

Würdest du gern eine professionelle Matratzenreinigung in Anspruch nehmen?, schreibe ich Piet. Er wird mir zwölf Stunden später antworten. Gerade jetzt taumelt er, denke ich, von einem Zimmer ins nächste, das übliche Kammerspiel. Guten Tag Frau X, Guten Tag Frau Y, wie geht es Ihnen. Heute ist ein neuer Tag, wir werden nochmal Ihre Leberwerte prüfen.

In der Mittagspause reicht die Zeit für einen kleinen Kartoffelsalat aus dem Automaten.

Piet isst im Stehen, schiebt die fast noch gefrorenen Kartoffelstücke in seinen trockenen Mund. Letzte Woche ging er mit Fieber zur Arbeit, in seinem weissen Kittel. Darunter sein eigener Körper, das Herz, das sein

Mögliches tut. Alle Zellen tun ihr Mögliches, natürlich, er arbeitet acht Stunden, zehn, zwanzig, und er fällt nicht um. Fällt einfach nicht um.

Komm, fall um, sage ich, als er, es ist gerade Nacht geworden, wieder in meiner Wohnung steht. Komm, fall um. Ich verteile Kissen übers Bett, sodass er niedersacken kann. Seine Knie geben nach. Ich drehe ihn in Rückenlage, als bereite ich ihn für den Sarg, sein Mund geht auf. Ich flösse ihm Suppe ein.

Ich brauch mehr als Suppe, sagt er.

Prinzenrollen? Ich hol sie dir.

Er isst, krümelt ins Bett.

Steh nicht mehr auf, sage ich, bitte.

Streike!, befehle ich, als es noch nicht drei Uhr morgens ist. Als er schon wach liegt und nach ihm dann die Amseln, die Spatzenschar, die Kirchenglocken, dann der erste Flügelschlag. Piet sprüht Parfum.

Andere Menschen stehen am Morgen auf und steigen in eine feuchte Grube, Fernwärmerohre verlegen. Wieder andere öffnen eine Website. Andere, ich, gehen in den zweiten Stock der Schichtführung Reinigung, erstellen die Pläne für die Mitarbeitenden, mit links, mit rechts. Natürlich ist das nichts fürs ganze Leben, und ab Mittag hab ich frei, dann fülle ich die letzten Wettbewerbe aus und weiss nicht, was ich lieber gewänne.

Piet streikt nicht, fällt aber auch nicht um. Er ist stark, ausdauernd, klug usw., als hätten seine Eltern eine Extraanfertigung machen lassen. Jemanden, der so robust ist, den kann man auf den Mount Everest schicken, der kann auf dem Gipfel bei Sauerstoffmangel noch kurz ein hochkompliziertes Kreuzworträtsel lösen. Die Spezialanfertigung ist auch im Spital praktisch einzusetzen, vierundzwanzig Stunden am Stück kann der hin- und herrennen, vom einen ins andere Zimmer, dazwischen hurtig eine Leiche reanimieren.

Aber seine Nase wird schmaler, hast du das gesehen?

Der ergraut, sagt meine Schwester. Der ist ja wie von einem Schimmel überzogen.

Ja, rufe ich, genau, und die Brille rutscht. Mit einem dünnen Finger schiebt er sie zurück an ihren Platz. Ich lege Piet die Lippen an den Hals, sauge, was ich kann, er dreht den Kopf so, dass ich nicht weitermachen kann.

Ich rufe Hörter an, beschliesse ich am Morgen früh.

Piet sieht aus unbewegten Augen.

Du rettest die anderen, interpunktierst die Lungen –

Punktierst –, sagt Piet.

Was auch immer, und serbelst selber weg. Macht keinen Sinn, geht nicht auf, das.

Piet zieht seine Jacke an.

Es wird ein guter Tag.

Sein Optimismus klingt wie selbstverschriebenes Opium.

Ich setze mich auf seine Füsse.

Es wird ein gutes Leben, sage ich. Ja ja, ein supergutes Leben, als er aus der Tür raus ist.

Das mit dem Medizinstudium war ein Vorschlag einer Unbekannten gewesen. Eigentlich hatte Piet Gärtner werden wollen. Aber in den Schnuppertagen hatte es ununterbrochen geregnet, es hatte ihm auf die Kapuze getrommelt beim Laubrechen. Es war viel zu laut dort unter der Kapuze.

An Wochenenden findet sich Piet in der Badewanne und lässt stündlich heisses Wasser nach. Eine meiner Hände hängt in seinem Badewasser.

Die Bodenplatten sind eigelb und kalt. Was tust du da? Piet fragt nie. Er ist zu erschöpft für alles. Taucht immer wieder ab, wieder auf, wieder ab. Der Duschvorhang hat schwarze Ränder. Eines Tages werde ich vielleicht nicht mehr hier sitzen. Mir wird traurig von diesem Gedanken. Als löse Piet sich im Wasser auf. Oder ich mich, während ich darauf wartete, dass er den Job wechselt, die Medizin an den Nagel hängt, mithilft, unsere Beziehung am Leben zu halten. Stattdessen fransen die Häutlein rund um seine Nägel aus.

Piet schwappt aus der Wanne, sodass alles rundherum nass wird, meine Socken in einer Pfütze. Er geht früh ins Bett. Als ich noch vor Sonnenaufgang erwache, finde ich ihn nicht neben mir, stattdessen im Morgendämmer, in der Stube, unter einer dünnen Wolldecke. Im Fernseher werden zu ländlicher Musik die Aufnahmen von Webcams in den Alpen gezeigt. Piet in den Kleidern, als sei er im Begriff gewesen, abzuhauen.

Einmal vor sieben Wochen weinte er im Bett.

Es fragte ihn die Wand: Was weinst du, Doktor?

Er presste das Lavendelkissen auf die Augen. Auf dem Weg in mein Bett, sagte er, sah ich eine Schnecke. Vielleicht weine ich deshalb, sagte er. Ich habe einen grossen Schritt genommen, um nicht auf ihr kleines Haus zu treten und die Schnecke? Sie ist gleichzeitig weitergekrochen, und so hat mein Fuss sie verdrückt. Dieses Knacken, oder Klirren, als bräche eben ein Haus ein und das Haus klebte ihr dann am nackten Körper.

Ausserdem sei er müde, so, so müde.

Er schläft im Sitzen besser als im Liegen. In Kleidern besser als im Pyjama. Am einfachsten gehts in der dicken, felligen Winterjacke vor dem laufenden Fernseher.

Meine Schwester kaut auf einer sauren Zunge und fragt, ob Piet es mit Medikamenten versucht hat. Er sei ja Arzt.

Schlafmittel findet er heikel.

Der nimmt doch sonst alles, sagt sie.

Am Kiosk zieht ein Hund vorbei. Trägt sein schwarzes, schweres Fell durch die Strasse, den Blick auf den

Asphalt gerichtet, Einzelgänger. Ein Kind nähert sich ihm mit ausgestreckten Armen, er interessiert sich nicht für Kinder, nicht für Bäume, nicht für andere Hunde. Meine Schwester und ich sehen ihm zu, wie er sich schön rechts an die Strasse hält, langsam, aber pflichtbewusst, als habe er einen Termin wahrzunehmen.

Hast du nicht gesagt, er übertreibe mit den Schmerzmitteln?

Wie?, frage ich.

Piet, wenn er Kopfweh hat.

Doch, sage ich, doch, doch. Er schluckt Tramal, Dafalgan, Novalgin, alles auf einmal.

Lieber Piet, denke ich auf dem Fahrrad, lieber Piet. Dich hat dein Beruf geschluckt, deine Zweifel fressen dich von innen und die Hundertstundenwoche von aussen, und dazwischen siehst du den Himmel über den Fernseher ziehen.

Bist du tot?, frage ich, als ich die Tür öffne.

Piet hat nicht die Kraft, mich böse anzusehen.

Ich brauche deine Wut, sage ich.

Da war nie Wut.

Ich brauche deinen Widerstand, sage ich.

Da war nie Widerstand.

Okay, sagt Piet.

Ich muss dich leider verlassen, denke ich.

Dann zeigt Piet mir, was er heute Nachmittag getan hat: Ich hab Taubenkacke fotografiert.

Die Flecken sind von unterschiedlicher Aussagekraft. Von unterschiedlicher Scheisshöhe, in unterschiedliche Muster gespritzt.

Einer ist gänzlich weiss auf schwarzem Asphalt.

Eine Mischung aus Mensch und Pfau vielleicht, sage ich, auf einmal blöd vor Hoffnung. Piet war fotografieren, war draussen.

Er sagt: Hab auch ganze Konglomerate fotografiert. Je nachdem, wie dort der Schatten mitspielt, ergab sich eine schöne Komposition, guck.

Sehr, sehr schön, sage ich.

Dann küssen wir uns endlich mal wieder.

In der Woche drauf drucke ich die Taubenkacke aus und hänge sie über mein Bett. Leider kommt Piet nicht vorbei und ich weiss, das heisst, es geht ihm wieder mies. Ich schicke Filme von Erdmännchen, die einschlafen, und bemerke, dass ich einen Schatten rumschleppe, der schwer, aber nicht mein eigener ist. Dass ich müde bin von all den Kranken, die Piet pflegt, und überlege, dumm zu stolpern und dann mit der Ambulanz ins Spital gefahren zu werden.

Dann wärst du wie eine dieser Alten, die wegen eines blauen Flecks zur Hausärztin gehen, nur um den Bauch abgetastet zu kriegen, sagt Piet.

Meine Arme hängen in der Luft, streicheln die Luft, streicheln die Wand, streicheln alles, aber nicht Piet, er möchte gerade lieber nicht.

Als müsste er sich anderswie für uns einsetzen, fragt er: Gehen wir Krassessen?

Krassessen heisst am Samstagabend auf einen kreisrunden Tisch mit mandelblütenweisser Tischdecke eine Tonne Geld hinblättern. Manchmal chic angezogen, heute in Trainerhosen. Adi kommt auch, ein Freund von Piet, der nur siebzehnjährige Blumenhemden trägt und immer auf den letzten Rappen und letzten Zacken lebt. Er ist aufgewacht vor sieben Minuten, aber hellwach im Geist, sagt Piet, Adi ist hellwach im Geist. Auch Piet ist auf einmal wach. Sie erwecken sich gegenseitig, nehme ich an, und sind gemeinsam bester Laune. Beste Laune am Tisch direkt neben dem Flügel. Ich verberge mein Erstaunen nicht.

Kaum gibt's was Exquisites, sage ich, ist P. I. wieder wach.

Piet wirft einen irritierten Blick, den ich mir selbst auch hätte zuwerfen mögen. Schnell bestelle ich einen Rosé.

Nehmen wir doch eine Flasche, sagt Piet.

Er faltet seine weisse Serviette.

Ich falte meine.

Adi beobachtet uns, sagt dann: Letztes Mal war das mit dem Kaviar.

War das letztes Mal? Ich glaube, letztes Mal war das mit den Langusten.

Damit ist das Gespräch beendet.

Es kommt für einen Moment kein anderes in Gang, was hier nicht stört, hier wird sowieso eher leise gesprochen oder gar nicht. Hier wird jetzt der Rosé gebracht, Adi seufzt, Piet seufzt, trinkt, sippt.

Dann Suppe.

Süppchen.

Ach.

Das geht auf Piets Kosten. Dieses Mal auf den Bonus für exzellenten Einsatz oder was.

Adi und Piet haben ein Gesprächsthema gefunden: Taiwan.

Irgendetwas in mir stört sich daran. Will, dass Piet zugibt, dass es scheisse ist. Es ist so beschissen, da kann man noch so viel beste Stücke vom edelsten Fisch essen.

Ich sehe Piet von der Seite, wie er einen Witz macht. Einen verhaltenen, klugen, schnellen Witz. Dann noch einen. Adi lacht und prustet über den Tisch. Bis dahin hab ich die Serviette zerzupft, steh auf, schiebe ruckartig den Stuhl fort, Abgang.

Das Klo in diesem edlen Restaurant ist beduftet. Es duftet desserthaft, vanillestangelig.

Bah, mache ich.

Eine Frau kommt aus der einen Kabine, weisses Haar, sorgfältig arrangiert auf dem Hinterkopf. Will zum Wasserhahn, dort stehe aber ich noch und suche den Hebel. Aus ihrem Spitzmund kommt ein überraschendes Zischen, dann wedelt sie mit einer ihrer Hände vor meinem Bauch und das Wasser springt an. Ich sehe sie über den Spiegel, die Frau, die nun, nachdem sie mir geholfen hat, an meinem Spiegelblick vorbeilächelt.

Vielleicht bleibe ich hier, bis sich von allein alles verändert hat, sage ich ihr.

Hier auf dem Klo?

Ja.

Ich denke daran, dass Piet auf dem Nachhauseweg noch euphorisch sein und dann, alsbald die Tür geschlossen, in dasselbe alte Schweigen fallen wird.

Jeder Mensch hat ein eigenes Leben und betreut sich darin selbst, so gut es geht. Piet hat seins, ich hab meins, ich nehme Stufe um Stufe wieder runter in den grossen Saal. Und der Gebrauch des eigenen, hat mal einer behauptet, sei das allerschwierigste.

Piet streift mit einem kleinen Finger meinen Arm, eine Besänftigungsgeste. Dann esse ich die Suppe fertig, dann lauwarmen Spinatwasabisalat, Schnittlauchkartoffeln, eingelegte Gingurken, tropisches Quartett.

Satt hocken wir in der Tram, eine E-Mail trifft ein, ich hab eine Reise gewonnen. Zwei Eintritte in Seaworld, eine Woche Hilton Grand Vacation in Florida.

Shit, sage ich.

Hm, macht Piet.

Ich kann mich nicht erinnern, mich je für so einen Wettbewerb beworben zu haben. Die E-Mail flippert in meinem Posteingang, auf und ab, schwimmt und hechtet über den Bildschirm.

Später liegt Piet neben mir, die Augen schon mal geschlossen, ausnahmsweise im Pyjama, der einzige angenehme Abend der Woche ist das, Samstag, zieht die Decke genau bis zur Gurgel. Ich stell ihn mir vor, wie er mit Delfinen schwimmt und beim Auftauchen aus dem Wasser juchzt. Auf einmal bin ich entspannt, bin ich leicht wie der Kopf einer Sonnenblume, schwebe neben Piet in den Schlaf.

Nicht in Florida, nicht in Orlando, aber in Sète, Südfrankreich, sitzt Piet am Tischchen eines Hotels, das kein Arbeitstisch sein kann, weil man ja nicht zum Arbeiten hier ist, das viel mehr dazu da ist, die Füsse hochzulagern.

Ich dusche und summe. Ich schminke mich. Piet schreibt einen Bericht fertig. Er hat einen Laptop aus dem Spital dabei.

Schreiben ist das grösste Übel. Etwas Elenderes kenne ich nicht.

Wenn ich dir helfen kann –, sag ich aus dem Badezimmer und lasse den Föhn an.

Höre durch die heisse Luft, dass er schimpft:

Ich würde lieber zehn Ärsche untersuchen, als einen einen einzigen Bericht zu schreiben.

Ich tätschle seinen Kopf, am ersten Tag.

Am zweiten fühl ich mich, als bräuchte ich Ferien.

Ich gehe nach draussen, sehe Miniaturhunde, lebendige Menschen, keine Delfine, Strommasten, ein lauer Wind schleicht sich durch meine Haare und Wimpern gar. Es regnet nicht, es ist schön. Und dann kommt die

Ahnung, dass ich Piet und mich nicht mehr so recht ausstehen mag.

Beim Abendessen in einer korsischen Beiz starre ich die plastifizierte Speisekarte an. Piet starrt den Glasaschenbecher an. Dann tauschen unsere Blicke den Gegenstand.

Der Kellner sagt: Voilà.

Piet blickt schnell auf zu ihm.

Ich versuche ein Gespräch über das Innere des Käses, dann über den Unsinn, dass wir hier sitzen und uns nichts zu sagen haben. Heisst, ich hätte schon was zu sagen, sage ich. Piet sagt nichts.

Nach dem Essen starren wir den Tisch an, auf dem es aussieht wie vor einer Stunde, nur dass zwei weisse, zerknüllte Servietten dort liegen.

Vielleicht zwangsläufig, vielleicht auch der Einfachheit halber, verliebe ich mich, als wir zurückkommen, in einen sehr fröhlichen Menschen, einen, der Collagen aus alten Biologiebüchern macht und sonst arbeitslos ist. Ich verliebe mich eindeutig und vorbehaltlos.

Ich sage: Piet, du kannst immer anrufen.

Piet liegt angezogen auf dem Teppich.

Piet, du kannst jederzeit immer anrufen.

Wieso sagst du das?

Weil ich jetzt gehe.

Aber du wohnst hier.

Das ist auch wieder richtig, sage ich, aber ich gehe

jetzt raus und ich komme später zurück und dann wirst du weg sein.

Du stellst mich vor die Tür, sagt Piet sachlich.

Keine Träne, die auf mein Sofa fällt, ich gehe mit einem Regenmantel hinaus. Bloss ein paar Strassen weiter, auf einen Spielplatz, dort sieht man mich auf einer roten Schildkröte sitzen, dort sieht man mich ganz leicht schaukeln, auch noch, als es regnet, auch noch, als es mit dem Regen vorbei ist.

Drei Monate später sehe ich Piet per Zufall, durchs Fenster des Lorenzini vor einer Pizza sitzen. Er fühlt sich unbeobachtet. Und tut nichts als zu sitzen, hin und wieder ein Stück Pizza in den Mund zu schieben und dann weiter vor sich hin zu starren.

In mir denkts laut; da sehen Sie den lieben, lieben Piet.

Eine Frau, die an einer Zigarette saugt, stellt sich neben mich und fragt, was es hier zu gaffen gibt.

Einen Todmüden.

Sie sieht auch hinein, sieht Piet einen Schluck von der Cola nehmen, in der ein Schnitz Zitrone auftreibt. Und die Frau sagt mit ihrer Zigarette an der Oberlippe: Mache dich auf und werde Licht.

Sie singt es, sie singt es laut über die Strasse, über die von Tauben vollgekackte Strasse. Mache dich auf! Werde Licht! Licht! Dann sehe ich die Kellnerin zu Piet gehen und wünsche mir fast, sie würde seine Hand drücken.

Und dann wäre da eine undramatische Träne, die über Piets Gesicht und auf die Serviette liefe. Und dort einen Fleck bildete, in dem die Kellnerin später in der Küche einen Reiher erkannte, den sie mal in Fuerteventura gesehen hatte.

Schwierig finde ich es, nicht hineinzugehen. Nicht hineinzugehen und mich neben ihn zu setzen und die Zitrone anzusehen.

JEDEM ANFANG WOHNT EIN ZAUBER INNE UND EINIGE STRAPAZEN

Er war von einer klugen Interaktion seiner Zellen nicht mehr überzeugt. Vielmehr war sein Körper eine klobig komponierte Figur, als er ihn aus der Dusche, dann Fuss um Fuss durch die Hosenbeine fugte. Diese Beine, diese blöden zwei Beine, sie sind doch nur halbbatzig an der Lende montiert. Er wusste nicht, ob diese Glieder halten, ob nicht zum Beispiel ein Arm sich lösen würde, bei der Begrüssung.

Sie schütteln sich die Hände, sein Arm fällt ab.

Puh, entschuldige, das war nicht beabsichtigt. Der hält nicht immer. Er bückt sich nach dem Arm und hält ihn in der übrig gebliebenen Hand wie einen dekorativen Ast.

Selbst wenn die Glieder hielten, konnte es passieren, dass er sich auf dem Weg zum Treffpunkt verflüssigte. Dort vor ihr auf den Bodenplatten hinabsackte, und übrig bliebe: eine Pfütze. Sie würde einen Finger dort hineintunken.

Kurz vor sieben war jedes Haar an ihm gerichtet. Es würde noch so weit kommen, dass er sich vor einem Treffen mit ihr Notizen machte! Kleine Sprechtexte. Kurze Monologe. Dann für den blödesten Fall: seinen eigenen Namen und das eigene Geburtsdatum und ein paar passende Hobbys notiert.

Er guckte hinaus: Dämmerung. Er sah sich am Treffpunkt den abgefallenen Arm mit einem Fuss unauffällig im Laub verscharren.

Er hielt nichts von Anfängen, so wie andere es betrieben: überstürzt kündigen und sich überstürzt kennenlernen, überstürzt Vertrauen fassen, sich überstürzt um sechs Uhr morgens bei unzureichendem Licht mit der Küchenschere die eigenen Haare abschneiden –

Ich bin dafür, dass man Dinge nur beginnt, wenn sie unvermeidlich sind. Am liebsten hätte er es ihr vorab schon mal genau so geschrieben. Vielleicht hätte sie darauf nur ein blassgelbes Herz geschickt, um nicht nachfragen zu müssen.

Er zündete eine Zigarette an, sieben nach sieben. Das traute man ihm noch immer nicht zu, dass er rauchte. Schräg schaut das aus, wie ein überdimensionales Kind, das an einer Papierzigarette saugt. Danach warf er ein Fisherman ein.

Er dachte an ihre Knöchel. Komm schon, sagte er sich und wanderte in Gedanken aufwärts. Er dachte an ihre Knie und entlang ihrer Beine nach oben. Kurz holte ihn die Albernheit ein, als er das Fishermans zerbiss, dies würde das Geräusch sein würde, mit dem beim Küssen seine Zähne zerbröselten.

Du bist der Grösste, den ich je hatte. Es fiel ihm der Satz einer Frau ein. Jammernd hatte sie einen Schemel herangezogen, nachdem er sich geweigert hatte, sie hochzuheben. Daran dachte er, als er auf die Strasse trat. Ein paar Jugendliche schoben sich über das Trottoir ohne Hast, Hiphop aus der Boombox. Noch war für sie alles angenehme Ewigkeit. Sie hatten alle denselben Haarschnitt; eine Tolle in der Mitte, links und rechts abrasiert.

Er hatte unverschämtes Glück mit dem Wetter. Bei wem sich bedanken? Es begann nun nämlich zu tropfen, es begann ihn aus dem Nichts zu verregnen. Von allen Seiten her nahm der Wind Fahrt auf.

Aus den Büschen am Strassenrand wackelte das Licht, es wackelte über seine Schuhe, uneindeutiges Flackern.

Er hatte einen Namen, einen langweiligen, das passte gut. Die Eltern hatten sich für ihn nichts Besonderes ausgedacht.

Er wäre auch überfordert gewesen, hätte er einen weniger geläufigen Namen gehabt. Er war ganz dankbar, dass, wer ihn kennenlernte, mindestens schon drei andere seines Namens im Handy gespeichert hatte.

Du bist der ruhigste Mensch, den ich kenne, hatte mal eine Freundin zu ihm gesagt. Sie glaubten sich ungehört.

Ist er ein Langweiler, fragte da einer mit lauter Stimme, der sich den freien Barhocker gekrallt hatte.

Die Freundin sagte sofort: Spinnts?

Hat der schon mal mit einer Frau geschlafen?

Warum mit einer Frau?, fragte die Freundin

Ach so, dann mit einem Mann.

Doch mit einer Frau, natürlich, sagte er. Die Lächerlichkeit seiner Antwort musste er nicht lange aushalten, denn der Typ fuhr weiter:

Wann war das?

Achtzehnhundertdreissig, antwortete er schnell.

Keiner der drei war in Historik bewandert, sonst hätten sie vielleicht bemerkt, dass dies das Jahr verschiedener europäischer Revolutionen war, zum Beispiel das des polnischen Novemberaufstands.

Auf dem Weg zur Tramstation und im aufkommenden Sturm dachte er sich ein paar Komplimente aus. Du bist schön und sehr, sehr symmetrisch. Würde er es zustande bringen, zweimal *sehr* zu sagen?

Du bist sehr, sehr.

Er lachte auf. Als sei man einem kleinen Köter auf dem Schwanz gestanden.

Es fiel ihm schwer, nicht vom Übelsten auszugehen.

Katastrophendenken hatte seine Psychotherapeutin das genannt. Hier die positive Nachricht: Das können Sie mit etwas Aufwand gut verlernen. Sie studierte sein Gesicht. Dabei hielt sie ihr eigenes ganz still, nur ihr Blick tastete ihn ab, als seien ihre Augen ebenfalls Hände. Sie schob seine Pupillen auf und las dort seine Gedanken. Ficken wir hier auf dem Türvorleger, Frau Hollberger, hörte er sich denken, obschon er das Wort *ficken* erschreckend fand.

Sie reagierte darauf nicht sofort, sammelte seine unausgesprochenen Gedanken auf Papier, bat ihn aber raus, noch bevor die Stunde ganz vorbei war.

Was wurde an diesem Abend von ihm erwartet? Dachte sie, dass er ihr das Gesetz der Umverteilung erklärte? Wollte sie, dass er ihre Deckenlampe ersetzte? Nichts mit Lampen. Wollte sie, dass er sie mit dem globalen Unterseekabelnetz überraschte? Von einer Maschine kannst du etwas erwarten, dachte er. Dass sie anspringt, wenn du hinten links den Kippschalter drückst. Dass sie warmläuft. Der Maschine kannst du befehlen: Sei freundlich, aber nicht zu freundlich. Sei albern, aber im Mass. Sei alles, was ein Mensch sein kann, aber etwas entspannter.

Mach ich, sagt die Maschine und fragt: Ist jetzt schon Zeit für einen kleinen Witz? Sie sagt dies mit einem scherzhaften Unterton.

Seine Stimme war nicht wählbar. Er tat den Mund auf, um sie zu testen. Wind füllte ihn.

Hallo.

Gott. Fällt dir noch was anderes ein als die ödeste Begrüssung der Welt, fragte er sich.

Ja.

Ihm fiel noch ein: Das meistverwendete Gemüse der Welt ist und bleibt die Zwiebel.

Die Tram in die Stadt, sie fiel aus. Alle Trams fielen aus. Wer Stühle und Geschirr zum Mitnehmen an den Strassenrand gestellt hatte, sah jetzt sein Wohnzimmer am Fenster vorbei über die Strasse wirbeln.

Irgendwo barst eine Scheibe.

Jemand rief: Mein Gott, gehen Sie in Deckung!

Es dauerte, bis er merkte, dass er gemeint war, ein Ast trieb vor ihm über das Trottoir, er bog in einen Hauseingang. Sofort war dort, wo er stand, der Boden auch nass.

Jetzt fielen Blumentöpfe von Fenstersimsen.

Das Leben in diesem Wind schien ihm grosszügig und die dazugehörende Liebe irgendwie grosskotzig.

Sicher hatte sie ihm inzwischen geschrieben. *Vorsichtig, Unwetter des Jahrzehnts, pass auf.* Oder etwas weniger fürsorgend: *Trotzdem treffen?*

Vielleicht hatte sie sich schon angezogen und war dann nochmal zurück ins Zimmer gegangen, hatte aus dem Medizinschrank ein paar Kondome geholt, vielleicht drei, und sie dort auf den Nachttisch gelegt, ein Buch darüber, zur Tarnung. Daneben das Massageöl, das zugleich Gleitgel war: Verrückte Kirsche oder Wilde Erdbeere.

Er würde in ihrem Zimmer stehen, vielleicht aus einem gewissen Winkel gut aussehen, er hatte einen satten Mund, der seinen Wunsch nach Mittelmässigkeit ständig überbot.

Dieses Möbel hab ich von dort und dort oder kann ich dir einen Tee oder ein Bier anbieten oder kennst du diesen Fischkrug oder es ist halt ein sehr günstiges Zimmer oder diese Samtkappe gehörte meiner Grosstante oder hast du Lust auf Musik?

Ja.

Was hörst du?

Dann würden sie vielleicht eine Weile auf ihrem Sisalteppich sitzen und sie würde beobachten, dass seine Beine zu lang waren, dass es kompliziert war, sie klug in ihrer Nähe anzuordnen. Oder würde sie gleich die Schüchternheit zwischen ihnen erdrücken, indem sie ihn packte und an sich zog? Sehr, sehr spannend. Sehr, sehr schön und sehr, sehr, würde er noch planen zu sagen, während sie schon in seinen Nacken biss. Er würde Lust kriegen. Grosse Lust auf einmal, ihr Bein würde er zwischen seinen einklemmen. Denk doch nicht ans Verrotten jetzt. Nicht daran, dass alles aufhört, alles verreckt, und ihr Mund spaziert entlang seiner Haut. Da hat er es schon wieder vergessen, er hat keine Ahnung mehr, was Sex ist, was Lust, was das soll. Er weiss davon weniger als von uralten, indischen Märchen. Schliesst den Mund, sieht an ihrem glanzlosen Haar vorbei. Eine Pflanze klettert mehr oder weniger adrett die Wand hoch.

Er fragt: Kann ich mich einen Moment lang hinlegen? Und damit, mit dieser Müdigkeit wird es vorbei sein. Sein Mund würde ihr spätestens dann auch verschwenderisch, übertrieben gross vorkommen, wie er dann aufklappen würde und er hurtig einschlief unter seiner Panik.

Er zählte die Briefkästen in jenem Hauseingang, es waren sechzehn, sechzehn Briefkästen, die Namen darauf alle in unterschiedlichen Schriften geschrieben, er schabte an einem der Papierchen, als er sah, dass dort drauf ihr Name stand.

Er zog den Finger zurück, wie verbrannt.

War das ein Witz, ein Scherz vom Universum?

Mit Filzstift war er hingeknallt, ihr Name. So frei und unverblümt, wie sie ihm eine Katze zugeworfen hatte, als sie sich noch gar nicht kannten.

Bist du schon auf dem Weg? Er las ihre SMS. Antwortete mit *Ja*.

Nur *Ja*, und tat ihren Briefkasten auf. Dort drin lag allerlei Gerümpel. Eine Velopumpe, ein Handschuh, und gar ein kleines Fläschchen mit unbestimmbarer Flüssigkeit darin, urinfarbig.

Oder willst du bei mir einen Tee trinken. Gottfriedbennstrasse 18. Kann dir auch trockene Klamotten geben, schickte sie nach.

Klamotten. Er starrte das Wort Kla-motten an. Klamotten. In seinen Schuhen stand es sich wie in einem Teich. Sie atmete einen Stock höher. Von seiner Nase bis zu ihrer Sohle waren es sechs Meter. Sie tanzte, ein bisschen Luft und Beton dazwischen, schon jetzt auf seinem Kopf herum. Im Mund so ein Ding, um über die Zunge zu schaben.

Wenn er jetzt bei ihr klingelte, sofort, könnte er sagen: Ich habe ein paar übersinnliche Kräfte. Von hier nach dort durch einen Fingerschnips.

Dann würde sie natürlich wünschen, dass er ihr das demonstriert, und er würde sie mit einem anderen, lahmeren Zaubertrick ablenken. Ich lasse zuerst mal diesen Radiergummi verschwinden, okay?

Humor hatte er, aber niemals hätte er sich getraut, ihn auch zum Einsatz zu bringen.

Der Sturm liess nach. Die Strasse war verwüstet, der Himmel dafür aufgeräumt und es roch wie frisch gewaschen.

Sie schrieb nichts mehr, er schrieb nichts mehr.

Von so viel Intimität, wie in seinen Gedanken bis anhin aufgekommen, wurde er müde. Sehr müde in ihrem Hauseingang. Er musste das Schöne fortbitten. Vielen Dank, schön war's. Es war ja wohl erlaubt, von einer bald kompliziert werdenden Hingabe abzusehen.

Als die Tür aufging, suchte er sofort nach einem Versteck, aber er war wieder mal zu gross, nicht einmal einer seiner Füsse würde in den Briefkasten passen.

Sie war verwundert, drückte seine Hand. Der Arm blieb dran, es fiel nichts ab.

Hallo, sagte sie.

Sehr, sagte er. Mehr fiel ihm nicht ein.

IN EINER DOSE WOHNEN

Das Herz will schlagen, nicht schmelzen. Es hat zu tun. Dich. Es tut dich. Das Herz will nicht vor die Höllenhunde gehen. Es will für dich pumpen.

Birgit Kempker

Ich versuchte es mit Neuanfang, aber die Bäume hatten gerade erst damit begonnen, ihre Blätter abzuwerfen. Es schien, als lebte ich in den Resten eines Jahres weiter, das vielleicht mal vielversprechend begonnen hatte. Ich wohnte nirgendwo mehr und setzte auch keine Liebesgeschichte mehr fort.

Du brauchst einen neuen Ort, sagte meine Schwester.

Auf ihrem Sofa hatte ich merkwürdige Träume. In einem lebte ich unter Möwen, ich brütete ihre Eier aus. Es waren kleine Eier, und ich stand immer wieder auf, um zu sehen, ob sie noch ganz waren. In einem anderen

Traum war es meine Aufgabe, einen Berg mit einer Art Schöpfkelle auszuhöhlen, ich war müde, wenn ich aufwachte. Faltete die Decke, selbst wenn sie von meinem Nachtschweiss etwas feucht war.

Wie anstrengend mir die Stadt vorkam, lärmig und unübersichtlich.

Was, meine Schwester kicherte, diese Stadt ist ein Dorf! Was würdest du dann zu Peking sagen?

Ich hatte keine Ahnung, was ich zu Peking sagen würde.

Zum Trost kaufte ich Pommes Frites, das zieht meistens bei mir; Pommes Frites mit Ketchup oder Pommes Frites nur so. Daran gerieselt und unabwendbar; Salz.

Mein Wohlbefinden geriet dennoch durch jeden Windstoss ins Kippen.

Ich wollte keinen weiteren Abend allein in ihrer Wohnung verbringen, darum begleitete ich meine Schwester zu einer Party in irgendeiner Villa in der Stadtmitte. Die Garderobe für die Mäntel war begehbar, und als ich in Socken in den Salon ging, sah ich, dass die meisten Menschen auf Absätzen standen, die den Stielen der Champagnergläser nachgebildet waren.

Ich schau auf die Uhr, sagte meine Schwester, wer länger bleibt.

Sie winkte jemandem zu.

Ich weiss mich zu amüsieren, sagte ich und ging zum Buffet.

Nach mehreren Gesprächen, die sich glichen, als sei eins die brühwarme Vorlage fürs nächste, zog ich mich in ein Badezimmer zurück. Hatte ich nicht mal gelesen, dass keine Person auf diesem Planeten das Leben finde, das ihr gehöre? Ich sass auf einem WC-Deckel und dachte an ein für mich einigermassen passendes Leben, das jetzt ungelebt irgendwo rumlag. Dieses Leben spielte nicht in diesem Badezimmer.

Ich öffnete den Spiegelschrank und wählte eins der Parfums, sprühte mir OPTIMIST an den Hals. Ich bediente mich, künstliche Wimpern, rotes Puder, und in irgendeiner geheimen Mission begann ich mich zu schminken.

Ich nahm jedes Ding, das ich fand und trug es nach Gutdünken auf. Zog Linien und bemalte alle vorhandenen Flächen. Mit einem dunklen Stift fuhr ich um meine Lippen. Ich formte verschiedene Kussmünder, als müsste ich mich selbst verführen, legte die Zunge an die Zähne, zischte.

Nun zeigte ein Mann im weissen Hemd Interesse an mir, an meiner Verzerrung. Er erklärte mir, er sei Kurator in einer Galerie. Ich verneigte mich leicht vor ihm, worauf er kicherte. Eine Sekunde lang dachte ich, er könnte ein Verbündeter sein, da aber richtete er sich auf, zu voller Pracht, und ich wusste, dass in seiner Decke nichts rissig war, und dass seine Stirn immer so glänzte, als müsste später ein Kamerateam einen Videodreh für japanische Küchenmesser darauf drehen.

Ich empfand keine Sympathie für ihn, nur für dieses kleine Kichern, das ich nie wieder hören sollte, und ich nahm ihn an seiner feinen Kuratorenhand und führte ihn durch das Haus. Vor jedem Bild und vor jeder Statue blieben wir stehen und ich rang ihm einen Satz ab.

Nach dem Rundgang sagte er: Ich möchte dir gerne etwas offerieren.

So sassen wir an der Marmorbar, schlürften süsse Getränke, und sobald ich das ausgetrunkene Glas auf den Tresen gestellt hatte, war es schon wieder voll.

Der Alkohol fuhr mir in die Füsse, dann wieder hoch in die Lippen und ich zog den Kurator in die Ecke, neben die Rodin-Statue, und küsste ihn mit sieben Lippenstiften. Dann lagen wir in irgendeinem der zig Zimmer, sein Gesicht war voller Farbe, rosa, violett, aprikosenorange, was er nicht ahnte, und wir guckten die Lampe an.

Ich sagte: Diese Lampe sieht aus wie eine Boje.

Er sagte: Ihr Grundriss ist ein Kreis.

Dann wollte er weiterküssen, aber ich rückte allen Ernst in meinem Blick zusammen: Ein Kuss ist ein Versteck für unbearbeitete Gedanken. Ich hatte wohl gehofft, in deinem Mund irgendeine Antwort zu finden. Stattdessen haben wir nur Speichel ausgetauscht.

Das haben wir gut gemacht, sagte der Kurator.

Kurz war es still.

Ich weiss nicht mal deinen Namen, sagte er.

Rate mal.

Emilie?

Ja, sagte ich, erhob mich, wankte zum Fenster.

Ich heisse Emilie Zunft. Du kannst mir sagen, welche Charaktereigenschaften du für mich als passend erachtest. Ich weiss bis jetzt nur, ich höre nicht gut zu. Und statt eines Herzens in der Brust hab ich nichts. Also kannst mir gerne ein fremdes reinschieben, falls du eins übrig hast.

Du hast auf mich so gar nicht herzlos gewirkt, Emilie, sagte der Kurator.

Ich rührte das Getränk in die eine, dann in die andere Richtung um.

Das liegt daran, dass ich ein bisschen Humor hab, kein Herz, aber Humor.

Ich hielt inne. Sah an mir herunter. Bis zu den Spitzen meiner Socken. An dem, was ich da zu erfinden begann über einen Menschen namens Emilie Zunft, war wohl irgendetwas wahr. Ich blühte kurz und fiebrig auf, drei Minuten, dann fielen meine Blüten in sich zusammen.

Meine Schwester war schon in die Wohnung zurückgekehrt. Ich zog die Tür der Villa hinter mir zu, der Kurator hatte noch einige Fragen gehabt, aber da war kein Wort mehr übrig.

Vor dem Haus rauchten ein paar Leute.

Die geht schon, sagte einer.

Es hatte geregnet und in der Kälte wurde ich wieder nüchtern. Ich kannte den Weg zur Wohnung meiner Schwester so genau, dass verlaufen unmöglich war. Ich ging. Sah nicht in die Schaufenster, wo mein verschwommenes, farbiges Gesicht vorbeizog. Ich ging mit den Füssen, die sich an meinen Beinenden fanden, diese Füsse traten auf früh gefallene Blätter von Bäumen und trugen mich zurück in meine vorläufige Bleibe.

Meine Schwester stellte mir jeden Morgen ein Glas Orangensaft hin, und wenn ich aufwachte, hatte sie schon das Fahrrad genommen, die Jacke an einen fremden Bügel gehängt und in einem eben gelüfteten, grauen Zimmer einen Vortrag gehalten.

An einem Freitagnachmittag verliess ich ihre Wohnung, ich reihte mich in eine Schlange entlang einer grobkörnigen Mauer. Um Punkt fünfzehn Uhr drückte die vorderste Interessentin der Schlange auf die Klingel. Alle hörten das Brummen, mit dem die Türe freigegeben wurde, und fragten sich, ob dieses Brummen ihr Brummen werden würde.

In einem braunen, etwa hundertjährigen Ledersessel sass der Mieter, er stellte sich nicht vor und auch zur Wohnung sagte er nichts. Er schaute nur kurz hoch, als käme täglich eine Schlange von Interessent:innen und zöge mit Strassenschuhen durch seine Wohnung.

Dann wandte er sich wieder dem Fernseher zu, auf dem eine alte Olympiameisterschaft ausgetragen wurde. Eine Sportlerin flog mit einem Stab über eine Sprunglatte.

Ich wandte mich vom Bildschirm ab und ging durch jeden Raum einmal, bis ich wieder beim Sessel stand, wo eine Moderatorin erklärte: Diese Dynamik! Haben wir das von Issinbajewa erwarten können?

Einige versuchten, ihr Interesse zu betonen, indem sie aus dem einen Zimmer traten, um dann gleich wieder mit nachdenklicher Miene darin zu verschwinden.

Und das Bewerbungsformular?, fragte mich die Interessentin, die die Klingel gedrückt hatte.

Ich zuckte mit den Schultern.

Ziemlich unverändert lief ich Richtung Bahnhof. Der Wind liess die Gebüsche wackeln, zog mir kalt in die Ohren und durch mich hindurch.

Es war Ende September, ich bog in einen Laden für asiatische Lebensmittel und kaufte eine Dose Ananas, ich streckte dem Kassierer die Dose und drei Franken hin. Vielleicht hatte ich Lust in einer Dose zu wohnen. Ich lachte und der Kassierer lachte freundlicherweise mit.

Die Ananasringe waren bis 2041 haltbar. Ob ich sie an diesem Tag ass oder zwanzig Jahre später, es wären dieselben Ringe gewesen. Nur hätte ich mich vielleicht, wäre ich hungrig gewesen, unter jenes Denkmal gesetzt und hätte den zähen Schleim abgegossen, ich hätte Ring um Ring –

Da ich aber, wie gesagt, keinen Hunger hatte, liess ich die Dose in meinem Mantel verschwinden und nahm den 102er, fuhr aufs Land. In der Stadt brauchte ich meine ganze Kraft, nur um am Leben zu bleiben. Nicht überfahren, überrannt, überboten, verführt, gefressen zu werden.

Ich sah aus dem Fenster über ein abgeerntetes Maisfeld, sah eine Katze. Sie machte einen Buckel und kackte in die Landschaft. Dabei zappelte ihr Blick, als dürfe sie von niemandem erwischt werden. Mir war es peinlich, etwa so peinlich, wie wenn ich zwei Käfern bei der Paarung zusah. Es dauerte ewig, schien mir, der Katzenschwanz zitterte, als stünde er unter Strom.

Hallo?

Ich sah hoch, der Buschauffeur war in seinem Sessel aufgestanden.

Endstation!

Er wedelte mit der Zeitung in der Hand, als müsse ich verscheucht werden.

Tomaten auf den Ohren?

Ich stolperte hinaus.

Ich sah in fremde Gärten. Zwerge und Tümpel, Steine, Gerümpel. Ich sah in fremde Gärten wie in nach aussen gestülpte Innenwelten. Es war kein Mensch auf der Strasse und das Dorf war so unspektakulär, dass es wohltat.

Ich hatte das letzte Haus erreicht, da sah ich eine verzweifelte Frau in einem Garten. Sie umarmte den Boden und schluchzte leise. Ihr Haar war lang und glatt und breitete sich über das Gras. Ich ging schnell vorbei, schämte mich aber sofort für die Ausrede, die ich so eilig über meine Beklemmung geworfen hatte: Beim Unglücklichsein wolle die Frau ihre Ruhe haben. Ich machte also kehrt und sprach die Traurige an.

Es war etwa so, wie ich es mir gedacht hatte: Ihre Gans war gestorben. Das was sie umarmte, war ihr Grab. Die Augen der Frau waren verquollen. Ich hörte ihr ein bisschen zu und bald verstand ich sehr wohl, weshalb sie dort gelegen und hundert oder mehr Tränen vergossen hatte.

Es gibt nichts, was bleiben darf, sagte ich. So ist es leider.

Sie schnäuzte noch einmal in ein Taschentuch.

Ich sagte ihr, auch ich sei ein bisschen traurig, aber aus einem anderen Grund. Sie fragte nicht nach, machte aber eine Pause, in die ich hätte hineinsprechen, die ich mit meiner Geschichte hätte füllen dürfen. Stattdessen verabschiedete ich mich und wünschte ihr Glück.

Hinter dem Dorf begann ein Wald. Die Bäume spielten mit dem Licht in ihren Wipfeln, schienen vom Wind etwas trunken. Ich trat da hinein und fühlte mich verschluckt.

Wenn ich die Stadt nicht mochte, konnte ich dann bitte den Wald mögen und die Wiesen, konnte ich dann bitte ein Zelt aufschlagen unter ein paar hohen Fichten und konnte ich dann bitte in einen tiefen Schlaf fallen und nicht aufwachen, nur weil ein Igel durch ein Gebüsch zottelte?

Nach einiger Zeit, in der ich verschiedene Kreise und Linien zurückgelegt hatte, kam schon wieder der Wille auf, einen Rand zu finden. Manchmal fragte ich mich, ob irgendein Mensch dazu gemacht ist, längerfristig ein Mensch zu sein. Ich kam mir vor, als verstünde ich meine eigene Form nicht. Fortan versuchte ich geradeaus zu gehen, in die Richtung, in der ich die untergehende Sonne vermutete. Einmal hörte ich ein Reh oder einen Fuchs husten.

Am Waldrand dann setzte ich mich auf eine Bank, das Licht war geradezu festhaltenswert. Ich nahm die Dose mit den Ananasringen aus meiner Manteltasche. Ich zog, zog allerdings nicht mit der richtigen Kraft und der Ring am Deckel riss ab.

Statt die Dose zurück in die Tasche zu tun, warf ich sie ein paar Mal ins Gras vor mir und jedes Mal, da ich sie auflas und sie unverwundet war und ohne Hick, fühlte ich etwas Seltsames, eine Art unsinnige Belustigung, weil ich wusste, ich würde sie gleich wieder werfen und wieder auflesen. Einmal, als das Ding in ziemlich hohem Bogen davongeflogen war, vermisste ich meine Schwester.

Es war ein körperliches Vorkommnis, als habe jemand einen Eimer Erinnerungen über mir ausgeleert. Wie seltsam, dass ich aus dem Nichts eine Person zu vermissen beginne, die zwölf Kilometer entfernt ist, weil eine Dose sich in einem bestimmten Winkel und mit einer bestimmten Geschwindigkeit durch die Luft bewegte.

Bin ich lang allein, erfasst mich bald ein Schwindel, und passiert nichts, was das Alleinsein aufhebt, kippt dieser Schwindel in eine Lethargie, in eine schiere Bewegungsunfähigkeit. Mir schien, ich würde nie wieder aufstehen können, ich war schwerer, schwerer als mein eigenes Gewicht und sackte gegen eine Seite weg.

Das Holz war trocken unter meiner Wange und kurz fehlt es mir an allem. Ich spürte in der Müdigkeit des Moments die Müdigkeit meines gesamten Daseins und im Krähen eines Vogels hörte ich das Krähen aller Vögel. In dieser Stimmung, die einem kleinen, lautlosen Untergang glich, schlief ich ein.

Als ich zwei Stunden später die Haltestelle erreichte, fuhr kein Bus mehr.

Ich bin verloren, sagte ich, weil ich mich nicht mal um mich selber richtig kümmern konnte, weil ich hungrig war und müde und auch weil verloren so ein tragisches Wort war und mich innerlich schon fast wieder erheiterte.

Ich überlegte, ob ich, wohnte ich in einem jener Häuser, mir die Türe öffnen, eine Wildfremde aufnehmen würde für eine Nacht. Schlaf ruhig bei unseren Hasen im Stroh. Unwillkürlich griff ich in mein Haar und drückte es gegen den Kopf, damit es den Eindruck einer Frisur erweckte.

So, sagte ich, klappte einen Fuss vom Boden und liess ihn wieder sinken. *So* lässt sich immer sagen. Ich wollte, dass jetzt etwas geschah, was mein Leben nachhaltig erschüttern würde.

Es war Helene, die Frau, die ihre Gans vermisste, die mich schliesslich aufgabelte. In wenigen Minuten waren wir zurück bei dem Haus am Dorfrand. Sie erzählte, dass sie in der Stadt gewesen sei, um jemandem einen Staubsauger zu übergeben.

Ich sah sie von der Seite an. Ihre Traurigkeit war weggewischt, zurückgeblieben war ein friedliches Lächeln, das wie im Nachhinein ins Gesicht gehängt schien.

Ich fragte mich, ob auch ich so ausschaute, ob auch ich eine Art Leere im Blick herumschleppte, und schielte in den Rückspiegel. Vom Schielen sahen meine Augen ziemlich aktiv aus und gar nicht erloschen.

Wohnst du in der Stadt?, fragte sie.

Ich wohne gerade nirgendwo, antwortete ich.

Ach so, sagte sie.

Ich wusste nicht, dass der letzte Bus –

In ihrer Küche war es ordentlich, auf jedem Stuhl ein Sitzkissen.

Über dem Schüttstein, sah ich, hing das Foto der Gans. Sie war blütenweiss und stolz wie ein Schwan.

Schön, die Gans, wollte ich sagen, aber jetzt knurrte mein Magen, ich zog einen Stuhl zurück und polterte damit lauter als die Geräusche aus meinem Inneren.

Helene tischte auf. Sie nahm ein Glas aus dem Kühlschrank mit eingelegten Gurken. Danach tischte sie auch noch Brot auf und Käse.

Als sie mit der Gabel eine Gurke aufstach, dachte ich an die Frage, die ein Mensch sich stellen kann, um herauszufinden, ob er sich in einem Traum befindet: Wie viele Finger habe ich?

Es waren fünf an jeder Hand.

So wie du isst, komme ich zum Schluss, dass du sehr entschlossen bist, sagte Helene.

Ich spürte, wie ich errötete.

Ich hab seit dem Mittag nichts gegessen, sagte ich.

Ich meine, so wie du die Gabel hältst, du bist mutig.

Es schien ihr ernst zu sein. Ich versuchte, ihr Alter zu schätzen, viel älter als ich konnte sie nicht sein, wohnte aber ab von der Stadt, in einem ganzen Haus mit Garten.

Helene schob jetzt die Speisen an ein Tischende und platzierte ihren Ellbogen in der Tischmitte. Sie hatte einen schmalen Unterarm, und als ich meinen neben ihrem platzierte, kam ich mir auf einmal unbesiegbar vor und ich drückte den ihren ohne Mühe auf die Tischplatte.

Es kommt auf die Tageszeit an, entschuldigte ich mich.

Sie lächelte, schien sich zu freuen, dass ich das Armdrücken gewonnen hatte.

Du bist stark und schön und resilient und mutig. Dann wünsche ich dir jetzt eine gute Nacht, sagte sie.

Sie hatte mir gezeigt, wo ich schlafen könne. Eine Kammer, in der eine Matratze auf dem Boden lag, sonst war da nichts. In diesem Nichts träumte ich auch nicht, ich fiel in den Schlaf wie ein Stein in einen Tümpel.

Es lag ein Zettel auf dem Tisch am nächsten Morgen. Ich las ihn. Ging zum Fenster. Ging wieder zum Tisch.

Berührte die Kaffeekanne, die dort stand und nur noch wie von fern warm war. Las noch einmal: *Ich bin fort. Hier mein angefangenes Leben. Das Haus ist zweihundertfünf Jahre alt. Du kannst alles haben.*

Durchs Fenster sah ich das Licht, es wimmelte dort im Gras, ich sah, dass es der Ort von gestern sein musste, aber mein Blick darauf war wie ausgewechselt, die Perspektive hatte sich verändert: Das Haus verhielt sich anders zur Strasse, zum Zaun und anders zum Himmel. Ich trat in den Garten, mein Gesicht konnte sich für keinen Ausdruck entscheiden.

Später riss ich Unkraut aus zwischen den Steinplatten. Du bist stark, hatte Helene gesagt, stark und mutig. Hahnenfuss, Löwenzahn. Ab und zu stiess ich auf einen Wurm, auf ein paar Feuerwanzen, und die blieben meine einzige Gesellschaft, nebst jenem Typen, der am Zaun vorbeiging, mich grüsste und einen riesigen, weissen Hund im Schlepptau hatte. Als die Sonne sich übers Dach zurückzog, schlüpfte ich in eine ihrer Jacken und rauchte eine ihrer Zigaretten. *Du kannst alles haben.* Ich roch am Kragen der Jacke, da war irgendein Duft wie Gips, ihr Duft vielleicht. Eine Sekunde lang, dachte ich, was ich den ganzen Tag nicht hatte denken wollen; ob sie noch lebte. Ob eine, die weiss, sie kommt nicht zurück, drei Zigaretten in der Packung übriglässt.

Später sass ich an Helenes Tisch und blätterte in einer Zeitschrift, ohne zu lesen. Ich wartete darauf, dass jemand aus einem Schrank spränge und das alles hier für einen etwas aufwendigen Scherz erklärte. Ich blätterte weiter, ein feines Geräusch verursachte mir Gänsehaut. Es war, als ginge jemand mit breiten Hosen um den Tisch, deren Stoff sich bei jedem Schritt berührte.

Du brauchst einen Ort, hatte meine Schwester gesagt. Du brauchst einen Winkel. Einen Schlupfwinkel, wo du dich erholen kannst. Du brauchst nicht viel, aber du brauchst einen Ort.

Es heisst, dass niemand kriegt, was er braucht. Kriegt nicht die Wohnung, die er braucht und nicht die Erinnerungen. Kriegt nicht die Geschwister und nicht die Liebesgeschichte, die zu ihm passt. Vielleicht hatte inzwischen jemand die Strümpfe, die mein Leben waren, wie es mir auf Haut und Nagel gepasst hätte, an sich genommen und lebte es nach eigenem Gutdünken fort.

Ich hatte die Zeitschrift bis zur letzten Seite durchblättert. Auf der Rückseite standen Helenes Adresse und ihr voller Name. Ein hübsches Haus, das du da hast, Helene L. Propp, ein angefangenes Leben, das du mir überlassen willst. Ich schob den Stuhl zurück. Aber ich habe zu tun, sagte ich, griff nach meinem Mantel, darin die Dose, und eilte die Strasse entlang Richtung Busstation. Einmal drehte ich mich um, abrupt, da war niemand. Nur das Haus am Ende der Strasse, es stand fernab von den anderen Dorfhäusern, ein zusammensackender Schatten.

ENTLANG DER SEHNSUCHT RECHNEN

Wir hatten eben erst gelernt, wie ein Satz funktioniert, vorn gross, hinten Punkt, als wir mit Sehnen loslegten. Wir schrieben erste Zweisatzliebesbriefe, die wir mit protzigen, von Pfeilen durchbohrten Herzen verzierten und mit falschen Namen unterschrieben.

Ich hatte es abgesehen auf das Kind, das direkt vor mir sass, Andrea, der Sohn des Metzgers. Der Stoff seines roten Shirts spannte sich irgendwie aufregend über seinen Rücken. Aber auch über den Rücken von Toni Carbone, Andreas Pultnachbar, spannte sich das T-Shirt aufregend. Ich erinnere mich, dass die Austauschbarkeit meiner Sehnsucht mich damals schon irritiert hat. Aber bis zum Ende des Schuljahrs hielt ich mich an das gelbe Shirt und wechselte erst nach den Sommerferien zu Toni Carbone. An dessen Handgelenke dachte ich von nun an abends im Bett. An die Handgelenke und an die Fussknöchel. An Toni Carbones Rennmäuse auch und an den graugelblichen Teppichboden im Zimmer, über den die Rennmäuse rasten, ich hatte ihn vor drei Jahren mal gesehen.

Die Vorstellung zweier Hände, die sich berühren, womöglich nur an den Spitzen der kleinen Finger, gab meinem Gehirn genug Futter, um jeden Abend selig einzuschlafen. Je nachdem, wie wach ich war, wanderte die Vorstellung auch in was Gewagteres über, zum Beispiel: sich nähernde Gesichter.

Auf unseren Fingernägeln fanden Melanie und ich in jenem August kleine, weisse Flecken. Sie traten aus dem Nichts auf und wuchsen mit den Nägeln mit. Eckige Schneeflocken, die uns verrieten, wie viele Leute in uns verliebt waren. Jeder Fleck war ein Verliebter.

Spielt es eine Rolle, an welchem Finger?, fragte ich Melanie, die sich als eine Art Expertin der Fleckologie ausgab.

Nein, es ist wirklich nur die Anzahl der Flecken, sagte Melanie.

Melanie hatte insgesamt acht von den Dingern, was mich verwunderte, weil ich ihre Beliebtheit nicht beobachten konnte, es musste sich bei ihr um eine heimlich Angehimmelte handeln.

Einmal zählten alle Mädchen all ihre Flecken zusammen in der Umkleidekabine. Es waren insgesamt vierunddreissig Tupfer, viel mehr, als es Kinder in unserer Klasse gab. Womöglich waren es Verknallte aus den Unterstufen und einige der Jungs mussten sich zwei- oder dreifach verliebt haben … So lernten wir entlang der Sehnsucht rechnen.

Als ich meinem Vater davon erzählte, sagte er bloss, ihr habt doch allesamt Kalziummangel.

Um auf mich aufmerksam zu machen, fassten Melanie und ich den Plan, dass ich mich zuerst Isabelle annähern würde, Toni Carbones älterer Schwester. Sie zu beeindrucken, war jedoch schwer, für Isabelle war ich ein Winzling aus der Vierten, so wie für mich die aus der Zweiten verschüchterte Zwerge waren, die im Klüngel ihre Äpfel verdrückten und nie ein Wort an uns richteten. So traute ich mich auch nicht, den Pausenplatz zu überqueren und Isabelle anzusprechen, die dort beim Teich rumlungerte unter den anderen Grossen, und keinen Happen ass, als hätten sie es schlicht nicht nötig auf irgendwas anderes als Kaugummi zu kauen.

Ich sprach sie nicht an. Dafür aber lieh ich am nächsten Morgen, am Freitag vor den Herbstferien, Toni Carbone meinen gut gespitzten Bleistift.

Er hielt den, wie mensch ihn nicht halten sollte. Schloss ihn ein in seiner Faust. Der glühte dort in seiner Hand und war noch etwas warm, als er ihn mir zurückreichte. Er hatte auch nicht, wie er es bei seinen eigenen Bleistiften zu tun pflegte, am oberen Teil rumgekaut oder die zweite Seite auch noch angespitzt. Nachdem er mir den Bleistift gegeben hatte, durchquerte er das Klassenzimmer, trank etwas Wasser und ging auf dem Rückweg sehr nah an meinem Pult vorbei.

Melanie war es auch nicht entgangen.

Wir berieten uns in der grossen Pause auf der Toilette.

Kann sein, dass er dich heiraten will, sagte Melanie.

Mir pochte das Herz.

Heiraten?

Ich liess mich auf den WC-Deckel plumpsen. Melanie stand daneben und spielte mit ihren Haaren, dann mit meinen, ringelte sie in ihren Fingern.

Der Fussboden der Toiletten war mintgrün, kleine, quadratische Platten, mein Interesse zu heiraten sehr, sehr gering.

Wanda gesellte sich zu uns, das heisst, sie stieg in der Toilette nebenan auf den Spülkasten, nur ihr Kopf ragte über die Trennwand und ein paar Finger, mit denen sie sich dort festklammerte.

Was ist mit Heiraten?, fragte sie.

Ich winkte ab.

Meine Mutter hat gesagt, Scheiden ist genau wie heiraten, aber umgekehrt, fügte Wanda ihr Wissen über Heiraten hinzu, dann polterte sie die Wand entlang runter.

Wanda hatte in diesem ersten Quartal ihre Mühe gehabt, sich zu verlieben. Sie wisse echt nicht, wovon wir reden. Melanie und ich hatten sie zur Seite genommen und ihr erklärt, was wir an Fachwissen inzwischen angesammelt hatten. Von dem sogenannten Kribbeln im Bauch.

Bisschen wie der Anfang von Magen-Darm-Grippe?

Nein, Schmetterlinge, hatte ich erklärt.

Melanie und ich fühlten es schon vom blossen Reden; sofortig heranrasende Schmetterlinge. Obschon ich lieber was anderes im Bauch gehabt hätte als Insekten.

Ich fütterte meine Gefühle, indem ich an Tonis Stirnfransen dachte, die so akkurat geschnitten waren. Ich fütterte sie mit Tonis Eintrag in mein Freundschaftsbuch. Lieblingsfilm: *Der mit dem Wolf tanst*. Fütterte sie mit dem Bild Tonis, wie er eines Morgens aus dem Fenster geschaut hatte, irgendwie traurig, irgendwie erwachsen. Mit der Erinnerung an seine Rennmäuse. An seine Hände, die anders waren als andere Hände, also gleichermassen fünf Finger, aber die Nägel waren sehr rund irgendwie. Ob er sie selber knipste oder sogar schleifte?

Sogar Tonis Schrift, die mir nicht gefiel, nährte meine Verliebtheit. Falls er mir eines Tages in dieser krakeligen, unbeholfenen Schrift einen Brief schriebe, so würde ich ihn auf der Schreibmaschine meines Vaters abtippen. Die Schludrigkeit seiner Buchstaben würde dann nicht von der Aussage des Briefs ablenken, ich könnte den Brief in einer lesbaren Version vorführen.

Es war der Freitag vor den Ferien, als Melanie meinte, ich müsse Toni einladen zum Tag der offenen Tür bei der Feuerwehr. Es war auch an dem Tag, als Vater an meine Zimmertür klopfte und fragte, ob wir ins Naturkundemuseum gehen wollten. Er würde uns ein

Picknick vorbereiten, in einer halben Stunde führe ein Zug. Ich nickte. Den Brief, in dem bis dahin nichts stand nebst *lieber Toni*, wellenartig unterstrichen, drehte ich um und streute ein paar Stifte darüber.

Auf der Zugfahrt las ich bei meinem Vater mit. In *Sommerschrei*, einem Krimi, in dem die Leute die ganze Zeit streiten und wieder schlichten und Auto fahren mussten. Wie soll ich ihm vertrauen, fragte Tina. Sie umklammerte das Steuerrad mit beiden Händen, starrte auf die Tropfen, die über die Windschutzscheibe rannen.

Mein Vater fasste für mich zusammen: Tina hatte Felix mit den Kindern in der Bretagne zurückgelassen und sei jetzt verwirrt in Paris, weil eigentlich begehre sie Peter, aber Peter tauche nicht auf, da er –

Was heisst begehren?, unterbrach ich meinen Vater.

Unbedingt bei sich haben wollen zum Beispiel. Du kannst auch Kiristicks begehren oder dieses Flummiding. Einen Moment lang hingen Vaters Augen lose über dem Buch, bis er sie wieder über die Buchstaben wandern liess. Auf Seite 64 fand sich ein Brief von Tina an ebendiesen Peter. *Paris am achten August. Ich wohne in einer billigen Pension, nicht weit entfernt vom Centre Georges Pompidou. Lieber Peter.* Die Augenbewegungen meines Vaters liessen darauf schliessen, dass er die Seite gleich zu Ende gelesen haben würde, es reichte mir noch für die Zeile: *Lieber Peter. Ich kann nicht mehr schlafen, ich kann nicht mehr essen.*

Ich blieb an diesem Satz hängen, als habe er nach mir gerufen. Da sass ich im Zug Richtung Naturkundemuseum und verstand sofort, dass es sich lohnte, vor lauter Sehnsucht mit dem Grundlegendsten aufzuhören. Mein Vater klappte Sommerschrei zu und wühlte im Rucksack.

So-de-lein, er wickelte unsere Sandwiches aus der Folie. Reichte mir meins. Ich hielt es in der rechten Hand, das Doppelbrot, aus dem was Nasses, eine Essiggurke wahrscheinlich, ins Innere meiner Hand lappte. Und während mein Vater zu kauen begann, wurde es komisch um das Sandwich und komisch um mich.

Hast du keinen Appetit?, fragte mein Vater.

Nein, sagte ich.

Auch nicht auf ein halbes?

Ich schüttelte den Kopf.

Bist du aufgeregt?, fragte mein Vater. Wegen der Ferien?

Ich verneinte.

Wegen dem Museum?, fragte er weiter. Er tippte an meine Nasenspitze. Ich war doch nicht aufgeregt, weil ich später vor Skeletten und ausgestopften Tierkörpern stehen und mit dem Finger die Glasperlaugen betasten würde.

Aber meine Sehnsucht war offenbar geheim, ich hätte sie sonst ja verplappern mögen. Und ebenso offenbar war sie nur klein, denn nach fünf weiteren Minuten, in denen es anstrengend wurde, das Sandwich in der Hand zu halten, biss ich ein Stück davon ab. Was kümmerte es Toni, ob ich auf dem Weg ins Museum ein Sandwich ass oder nicht, das Brot würde mit oder ohne ihn trocken werden.

Blieb mir der zweite Teil der Sehnsucht: der noble Verzicht auf Schlaf. Ich versuchte abends wach zu bleiben, während mein Kopf den Satz wie ein Diktat wiedergab: Lieber Toni Punkt Ich kann nicht mehr schlafen Komma ich kann nicht mehr essen Punkt. Toni würde davon erfahren, vielleicht würde er spüren, dass ich am anderen Ende der Stadt bleich war, krank, abgezehrt, die Wangen eingefallen. Dass ich nicht mehr geschlafen hatte, eine Woche lang mindestens. Vielleicht würde auch mein Vater Tonis Mutter anrufen. Und dann würde die gesamte Familie Carbone in meinem Schlafzimmer stehen und schmucke italienische Spezialitäten mit Parmesan und Zitrone über den Nachttisch verteilen, und Toni würde merken, dass es ja seinetwegen war, dieses ganze Theater, und seine Familie kurz hinausbitten.

Er hatte meine Erlösung in der Hand. Aber Erlösung wovon?

Es ging mir gut bis fantastisch.

Die Sehnsucht versorgte mich mit Energie. Ich kaufte einen Besen, als ich kurz an das Aushebeln der Schwerkraft durch blosse Willenskraft glaubte. Melanie schloss sich mir an, mit einem neuen Reisigbesen aus der Landi. Es war inzwischen Oktober, es flogen über uns die Vögel durch die Luft, pfiffen und spotteten ein bisschen. Mein

Vater riss im Garten die verblühten Pflanzen aus, während wir einen Satz um den anderen von dem Mäuerchen nahmen und auf die Sekunde warteten, in der unsere Besen mit uns die Wirklichkeit übertölpeln würden. Abends fielen wir wie Steine in den Schlaf. Statt von Toni träumte ich von jungen Dinosauriern, denen ich die Regeln der Zivilisation beibringen musste.

Als wir aus den Herbstferien zurückkehrten, hatte ich den Brief für Toni im Rucksack, aber es kam noch in der grossen Pause etwas dazwischen: ein blauer Fleck am Hals von Isabelle Carbone.

Melanie war es auch aufgefallen.

Oh shit. Du weisst, was das ist, oder?

Ich nickte.

Schon krass, he.

Melanie war wieder ein Stück informierter als ich. Immer wenn es darum ging, etwas zu kennen, wusste sie Bescheid. Ich fragte nicht nach. So wie Melanie zu mir gesprochen hatte, war es klar, dass wir uns über die Ursache dieser Flecken einig waren.

Still gingen wir zur Flötenstunde.

Meine Finger spielten von selbst, auf und ab, Loch zu, Loch auf. Meinen Atem schickte ich wohldosiert durch die Flöte, während ich überlegte: War Isabelle geschlagen worden? War in der Familie Carbone etwas ganz und gar bedenklich? Würde ich heute Abend dort aufkreuzen und Toni und Isabelle aus der misslichen

Lage befreien usw.? Würde ich es mit dem Fahrrad tun? Würde Melanie mich begleiten? Würde Toni dann wissen, dass ich aber die eigentliche Retterin war und Melanie bloss die Begleitung, die einen Leihanhänger hatte beschaffen können?

Toni und Isabelle Carbone fuhren nach der Schule ans andere Ende des Dorfs in die Blöcke. Die Kinder unserer Klasse unterschieden sich darin, ob sie in Blöcken wohnten oder in Häusern oder in der Zelg-Siedlung. Melanie und ich wohnten in Häusern an Wegen, die nach Blumen benannt waren, Toni und Isabelle Carbone wohnten an der Mäderstrasse 34. Mir kam diese Adresse aufregender vor als jeder Tulpenweg und jede Hyazinthenstrasse. Wirklich hochhaushaft waren diese Blöcke auch nicht, vierstöckig vielleicht, pro Haus acht Familien. Carbones wohnten im Parterre, an ihrer Haustür die Italienfahne. An dem Abend, als Melanie dachte, dass ich zu Hause bin und meine Eltern dachten, dass ich bei Melanie fernsehe, fuhr ich mit dem Trottinett durch die Dunkelheit und durch das ganze Dorf. Mit vagen Plänen. Mit erhöhtem Puls. So sass ich dann auch im Gebüsch vor dem Block und starrte durch die Zweige ins Wohnzimmer der Carbones.

Ich hätte das viel früher tun müssen. Ich sah wieder, welche Lampe bei den Carbones hing, eine gläserne, gelbe wie ein Pilz. Die Mutter durchquerte den Raum, ein A4-Papier in der Hand. Ging von ihr eine Gefahr aus? Es war schwer einzuschätzen. Kurz darauf kam Tonis Vater raus und zündete eine Zigarette an. Er stand dort genau so, wie auch meine Mutter stand, wenn sie rauchte und nichts zu tun hatte, ausser alten Rauch abzublasen und in die Weite zu starren. Ich versuchte mir vorzustellen, wie er seine Kinder quälte. Es gelang mir relativ gut. Diese riesigen Pranken, wie sie Tonis Ohr packten und daran zerrten, bis es ausriss. Im Gebüsch blieb jetzt mein Herz stehen. Toni trat durch die Glastür und stellte sich neben seinen Vater. Als sei er noch nicht bereit fürs Rauchen, aber durchaus fürs Dastehen und Versunken-Wirken. Er sagte was zu seinem Vater, ich verstand es nicht, dafür bewegte der Wind die Blätter dieses Stachelbuschs zu wild. Nun öffnete auch der Vater seinen Mund, es sah aus, als legte er Toni sanft eine seiner Pranken auf die Schulter. Kurz darauf gingen die beiden rein und alle versammelten sich wie eine eingeschworene Gemeinschaft um den Tisch. Kein Gebet oder so, aber Spaghetti erkannte ich, auch Salat. Wie sie dort sassen, ihre Münder bewegten beim Reden und Kauen, einander über den Tisch ansahen, ergaben sie eine Familie wie für das Buch: Eintausend Familien aus der ganzen Welt, das bei uns in Wohnzimmer lag. Dort drin würde stehen: Gino arbeitet bei der Wetterwarte. In seiner Freizeit spielt er Pétanque. Oder: Maria ist Hausfrau, sie ist 1990 mit nichts als einem Deutsch Langenscheidt und etwas Hoffnung in die Schweiz gekommen. Ihre Kinder, Isabelle und Toni Carbone, gehen zur Maienschule, Isabelle möchte einmal Tierärztin werden, Toni Rettungssanitäter oder Pilot.

Würde die Szene splittern? Oder war er echt: der heilige Schein, der Frieden der Carbones an einem Montagabend? War, was ich gesehen hatte, aussagekräftig für den Rest der Woche? Nachdenklich fuhr ich mit meinem Trottinett nach Hause.

Am Tag darauf fanden wir weitere Flecken an einem Hals, aber dieses Mal nicht an Isabelles, sondern an Theas.

Noch eine, sagte ich.

Melanie grinste.

Wieso grinst du?

Ich hab die gesehen, gestern, Thea beim Strömhäuschen, mit Yves.

Yves Fiedler?

Ja. Die haben sich fast aufgefressen.

Als Melanie mir dann das Zustandekommen der Flecken im Detail erklärte, erwiderte ich zuerst nichts. Ich dachte daran, wie ich gestern im Gestrüpp vor dem Carbone-Block gekauert hatte, in der Hoffnung, ich würde ein Geheimnis lüften. Die Lösung war anders, sie schaukelte wie Melanies Schuhe in der Luft, während sie mir verschiedene Saugtechniken erklärte.

Ist das angenehm?, fragte ich.

Ja, schon ziemlich.

Für mich wurde das Blau an den Hälsen der Sechstklässlerinnen zu einem Stück Himmel, Meer, so was, zu einem Stück Haut, das meine gesamte Sehnsucht bündelte. Ich schielte ständig an die Stellen, die sich zeigten, wenn sie ihre Frisuren schüttelten. Ich beobachtete, wie die Flecken, schimmernd blau am Anfang, nach einigen Tagen grünlich, dann gelb wurden, bis sie wieder mit der Farbe der Hälse zusammenschmolzen.

Die weissen, eckigen Flecken auf unseren Nägeln waren etwas weniger flüchtig, sie kamen und blieben für ein paar Monate. Auf Tonis linkem Ringfinger wuchs in jenem Herbst der Fleck, meine Verliebtheit, unaufhaltsam Richtung Nagelrand. In ein paar Wochen würde er rausgewachsen sein.

Du wirst dich umverlieben, prognostizierte Melanie.

Nein, sagte ich.

Zum Beispiel wieder in Andrea oder vielleicht in Tristan?

Vergiss es, sagte ich. Melanie aber schwor auf die weissen Flecken.

Es ist Kalziummangel, erklärte ich ihr.

Wo hast du das gelesen?

Mein Vater weiss es.

Melanie dachte nach, schaukelte, sie wusste, dass mein Vater sich mit Krankheiten und Mängel gut auskannte und folgerte: Dann hat Toni Carbone keinen Kalziummangel mehr. Wenn er wieder weniger Milch trinkt, wirst du dich vielleicht nochmal verlieben.

Das war mir zu kompliziert. Ich war jetzt verliebt und wollte blaue Flecken von Toni Carbone an meinem Hals wie die Sechstklässlerinnen.

Ich warf also, ohne Melanie zu informieren, den Brief in seinen Rucksack. Unter dem zweifach mit Wellen unterlegten Namen erkundigte ich mich nach seinen Rennmäusen. Wie es ihnen gehe. Ob sie noch lebten. *Ich kann nicht mehr schlafen*, hatte ich wieder ausradiert. Es kam keine Antwort. Toni schrieb nicht so gern, das war mir klar gewesen, ich hatte auch extra im Brief darauf hingewiesen, dass er nicht zurückzuschreiben brauche, aber wenn er wolle, könnten wir im Herbstbummel mal ein Stück zusammen spazieren.

Ich setzte alle Hoffnung auf den Herbstbummel und konnte dies auch nicht vor Melanie verheimlichen. Im Gegensatz zu mir ging Melanie, die in Oliver verliebt war, taktisch vor, fasste einen akribischen Plan. Wir würden Oliver und Toni vom Weg locken, und uns dermassen verirren, dass die beiden dächten, wir fänden nicht mehr aus dem unüberblickbaren, ewigen Wald hinaus. Es würde dunkel, sie würden unsere Hände suchen. Wir würden sie wie durch Zufall zu den Höhlen führen, die Melanie auf der Karte vorsondiert hatte.

Ich sollte von daher das Nötigste einpacken, auch sie nehme wenigstens ein Feuerzeug mit, eine Winterjacke und Notfallproviant.

Ich stand unsicher in der Küche, wo mein Vater einen Teig auswallte. Würde es Sinn machen, Päckchensuppe einzupacken? Ich sah Toni und mich vor einer Suppe sitzen, natürlich würde es Sinn machen. Wenig, was mehr Sinn machte als eine Päckchensuppe. Das

Wasser würden wir aus dem Fluss nehmen oder aus einer frischen Pfütze.

Am Morgen des Herbstbummels trafen Melanie und ich uns vor ihrem Haus, die Rucksäcke so schwer, dass wirs kaum bis zum Stromhäuschen schafften. Mein Vater hatte mir noch nachgerufen: Halt, wieso nimmst du nicht deinen eigenen Rucksack?, da war ich schon um die Ecke gebogen, voller Energie und Vorfreude, und brach doch fast zusammen unter dem Gewicht des Gepäcks.

Ein paar Meter hinter dem Stromhäuschen mussten wir Pause machen und die erste Packung Chips öffnen. Es war ein sehr schöner Tag, daran erinnere ich mich, das Licht wirkte, als fiele es durch eine orange Folie. Ich trug meine schönste Hose. Melanie hatte einen neuen Haarschnitt. Unsere Rucksäcke lagen wie zwei dicke Verbündete neben uns und wir mussten lachen, als wir uns die verblüfften Gesichter von Oliver und Toni vorstellten, alsbald wir alles, was das Herz im Wald begehrt, aus unseren Rucksäcken zaubern würden.

Meine Mutter hat uns Muffins gebacken, sagte Melanie. Hat Toni Carbone eigentlich irgendwelche Allergien?

Wir waren uns der Uhrzeit bewusst, aber wir rechneten nicht damit, dass wir in einer Geschwindigkeit von nicht mehr als zehn Schritten pro Minute vorankommen würden. Wir waren noch nicht auf halbem Weg, als wir den Zug vorbeifahren sahen. Es leuchtete unsere Klasse, in Jacken jeder Farbe, aus dem letzten Wagen.

Was wollte die Sehnsucht von uns? Trug sie uns fort von uns selbst oder brachte sie uns, im Gegenteil, schön brav zu uns zurück? Was wollte die Sehnsucht von uns? Ging sie zu weit mit uns? Wir zu weit mit ihr? Ich erinnere den Nachmittag, den Melanie und ich mit Flugversuchen und engmaschige Scoubidou knüpfen verbrachten, statt Würste auf Stecken zu spiessen und zwei Gleichaltrige zu entführen. Ich erinnere ihn auch darum, weil es der letzte Nachmittag war, an dem ich mich noch eindeutig nach Toni Carbone sehnte.

Über Nacht muss seine Mutter ihm die Fingernägel geschnitten haben, gleichmässig, rund, und es muss ein weisser Fleck mit etwas Nagel auf die Fliesen von Carbones Badezimmer gefallen sein. Toni sass mit frisch geschnittenen Nägeln schon an seinem Pult, vor mir, sagte gar Hallo. Ich wartete auf den Einschuss von Magie, blickte zu Melanie rüber. Sie war beschäftigt, stritt sich mit Wanda. Daneben sass Lea B., las Blocksberg, weiter rechts Sebastian T. So wanderte mein Blick durch das Zimmer, entlang der Arme in Pullovern, entlang Bleistiften, Spitzern, das Gefühl kam nicht. Also weiter entlang der Wandtafel, entlang der Schrift der Lehrerin, entlang den dort segelnden, von uns gebastelten Flugzeugen und Drachen, der Decke entlang und der Neonleuchtröhre, hinab und direkt in Toni Carbones haselnussfarbiges Haar. Dort hing mein Blick dann eine Weile, eine seltsame, aber nicht unangenehme Stille kehrte in mich ein. Auch davon würde ich Melanie in der grossen Pause erzählen.

Wir verpassten, wie wir älter oder gar erwachsen wurden, wir verpassten die ersten blauen Flecken am Hals der anderen. Ende des Schuljahrs zogen mein Vater und ich in die Stadt, an die Hauptstrasse 28. Melanie und ich hielten den Kontakt aufrecht, einige Jahre noch. Wir schrieben uns Briefe, deren Inhalt aber je länger je mehr keinen gemeinsamen Kitt mehr fand. Der Abstand wurde grösser und irgendwann hörten wir nicht mehr voneinander.

Ich frage mich, wie es heute auf Melanies Nägeln aussieht. Bei mir fehlen jegliche Flecken, ich hab ausreichend Kalzium im System. Wenns drauf ankommt, bin ich aber noch immer nicht sicher vor meinen abrupten, teils sehr spontan einsetzenden Sehnsüchten. Mein Blick stürzt sich nach wie vor gerne auf das Nächstbeste. Stürzt sich auf Rücken, in bedenklicher Willkür fällt er über irgendwelche Haare her, über Hälse und Hände, über die Welt.

WIE DAS HERZ: NASSE, KLEINE SPRÜNGE TUN

Will etwas beginnen, so muss zuerst was anderes aufhören. Frau Kummer erklärte mir das Einfachste der Welt. Es kann sein, dass ich drei Jahre hätte studieren müssen, um das herauszufinden, aber sie zeichnete es mir mit Rosa auf ein Blankopapier. Etwas beginnt, sie zeichnete einen Bogen, er wird bauchig, gross, entwickelt sich, etwas beginnt, ein Brief wird geschrieben, eine Lampe geht an, ein Wind kommt auf, ich kaufe ein Duvet, ich klopfe bei dir an, ich schlafe fünf Jahre lang unter diesem Duvet, neben dir, fünf Jahre, und dann schlafe ich, weil die Unvereinbarkeit zwischen uns so gross geworden ist, auf dem Teppich neben dem Bett, später auf einem anderen Teppich, im Badezimmer.

Hier müsste der Bogen dann abflachen, zurück auf die Achse X finden, bevor ein neuer Bogen sich an den alten hängt. Eine Schwelle, der Übergang. Ich hadere mit dem Ende, ich gehe nie. Höchstens auf den Balkon, und dann stürme ich wieder hinein und fürchte mich dermassen vor dem Ende, dass ich gebiete, dass du dich auf mich legst, mit dem ganzen Gewicht und jedes deiner Haare soll mich hier in die Matratze drücken, bis mein Umriss es durch den Schaumstoff geschafft hat.

Und nachmittags, wenn es mir lässig und ungefragt gut geht, sehe ich mich neue Anfänge suchen. Sehe ich mich eine Radfahrende mit Cello verfolgen. Als sei ein Cello die ganze Bachsuite an einem Rücken. Sehe ich mich in die Arme Wildfremder laufen, als ginge es darum, rasch eine neue Besetzung für die Arche Noah zusammenzustellen. Wenn es eindunkelt aber, verwebe ich meine Arme wieder mit Bidus, mit deinen, unsere Beine ineinander, sodass noch die weltbeste Rätsellöserin sagen würde: Tut mir leid. Ich kann sie nicht auseinanderfädeln.

Etwas zu Ende bringen, sagte Frau Kummer und zeichnete das Ende des Bogens, der auf der Zeitachse X landete, mit Blau machte sie dort einen Punkt.

Dort nach dem Punkt ist eine Leere auf der Linie. Die Linie ist ohne Bogen, ohne Punkt, ohne Verzierung, sie ist nur noch Linie, vorbeistreichende Zeit. Ich stelle mir die Stille dort schön vor. Ich stelle mir vor, wäre die Linie ein Glas, so wäre es endlich leer. Gewissermassen gebe es nichts Erstrebenswerteres, sagte die Kummer, ja, es könne dort ziemlich erholsam sein.

Ein leeres Glas. Oder die fremde Wohnung, in die ich am ersten Januar gezogen bin. Hier wohne ich, in einem Übermass aus Luft und Licht, aber ohne Bidu. Alles auf

Neuanfang, die Beziehung wird ausgeschlichen, wie ein altes, unliebsames Medikament.

Hier reichen die Fenster an den Boden wie auch an den Himmel, die Wohnung hat eine Badewanne, die ginge auch für vier, eine vollautomatische Lichtanlage, einen singenden Toaster. Im Glanz der architektonischen Feinleistungen fällt mir die Asymmetrie meines Gesichts auf und ich sehe mich über die Spiegel in der Küche die Sauce versalzen.

Ich bewohne das Loft wie ein Modernekunstmuseum, für die zum Museum gehörenden Katze muss ich einmal morgens, einmal abends einen Nassfutterbeutel aufreissen, spätestens da rollt sie auf und ab an meinen Schenkeln. Hier, einmal Wilderness, Huhn und Lachs.

Ich mach mir etwas Sorgen, schrieb Bidu per SMS, du allein in diesem Museum. Bist du gut angekommen?

Ich mach mir keine Sorgen, und die Katze stürzt sich auf das Futter, es geht um Leben, es geht um Tod.

Die Wohnung gehört einer Frau Schwarz, die jetzt auf Reisen ist. Am Kühlschrank hängen ein paar Beweise eines Lebens, Bilder von ihr zwischen Proseccogläsern, ein Bild auch ihres Partners, der mit runtergelassener Hose an einen Bananenbaum pinkelt.

Anhand ihrer Katze habe ich festgestellt, wie klein derzeit meine Bereitschaft ist, etwas zu lieben, das ich nicht schon lange kenne, an das ich mich schon länger gewöhnt hab. Heute wollte ich die Katze am liebsten von der Balustrade schubsen. Ich habe mir auch vorgestellt, wie ich ihr rotes Fell anzünde. Würde ich es sogleich wieder löschen wollen?

Je mehr gestern vom Tag verging, desto durchsichtiger wurde ich. Abends sah ich keine Hände mehr, die das Besteck hielten, die Gabel, darauf eine Kartoffel, schwebte in Richtung meines Munds. Bevor ich nicht mehr wusste, wo meine Füsse zu finden waren, schlüpfte ich in ein paar Pantoffeln und fuhr zu einem Fest. Ein Fest unter der Erde, etwas ausserhalb der Stadt. Wer hinein wollte, musste durch ein Senkloch steigen.

Wirklich schlechte Musik, oder?, empfing mich eine Bekannte. Sie drückte mir einen Gin Tonic in die Hand. Ich begann ein bisschen zu wippen. Zuerst primär mit dem Fuss, dann guckte ich mir den Wippstil einer anderen Person ab und schaukelte auch den Kopf hin und her.

In meinem Glas trieb ein Schnitz Zitrone. Es sah aus, als werde auch er von der Musik bewegt.

Denkst du, brüllte eine in mein linkes Ohr, es gibt Gefühle, die es noch nicht gibt?

Was?, brüllte ich zurück.

Gefühle, die noch nicht vorgekommen sind, die aber noch kommen werden. Oder sind alle Gefühle schon da?

Ich wippte eine Weile wortlos. Alle Vögel sind schon da, fiel mir ein und ich fragte zurück, ob es in dem Fall auch Gefühle gäbe, die als ausgestorben gelten müssten. Die Fragestellerin lachte warme Luft in mein Ohr. Um uns herum schienen die Leute zu tun zu haben, die ganze

Zeit stieg wer durchs Senkloch, hinein, hinaus, es war ein Gedrück beim Ausgang. Nach Mitternacht tat ich wie die meisten: Oben am Senkloch rumstehen und rauchen. Unsinniger reden, je später es wurde. Ich sah in der Ferne den letzten Zug fahren.

Du kannst bei mir übernachten, sagte eine, von der ich wusste, sie arbeitet mit Algen, sie kocht. Lora Hinderling. Willst du mich in eine Suppe werfen, dachte ich. Aber wir hatten eine gemeinsame Freundin, und so sangen wir auf die ein Loblied, während wir Loras Hügel hochstampften. Es zitterte der Wind an meinem Mantel, an Loras gefärbtem Haar. Der Regen kam erst später, als ich wach neben Lora im Zimmer lag und den Trick suchte, um einschlafen zu können. Sie hatte noch gefragt, ob wir uns etwas halten wollen, wir hatten es versucht, Lora legte die langen Algenarme um mich, wenn auch ohne Nässe oder Salz, und als sie dann mit Küssen loslegte, musste ich lachen und vom Lachen schüttelte es mich, wir brachen das Unternehmen ab. Immerhin: Sie schlief. Draussen ging ein Sturm los wie auf Knopfdruck, ich hörte es durch die geschlossenen Scheiben. Für mich war noch derselbe Tag, als ich in meinen Fellfinken durch den Schlamm Loras Hügel runterrutschte. Wir machen dich nass, rauschten die Bäume, nass, nass, schüttelten sich, auch der Himmel schüttelte sich. Kurz darauf rauschte das Wasser in die Badewanne, ich tunkte einen Zeh ein, dann alles von mir in das Badewasser.

Bidu. Die eleganten Lampen hängen tief. Ich erinnere mich an meinen Grossvater, der nach dem Tod meiner Grossmutter sieben Mal nacheinander von derselben Lasagne ass. Bei mir ists so ein halbfeiner Eintopf. Vor der Tür liegt ein Organ. Liebe Grüsse, Bon

Es musste sich um eine Art verspätetes Willkommensgeschenk handeln: ein riesiges, rosa Organ. Es lag vor der Tür, der Magen eines fremden Hundes? Das Herz eines alten Büffels? Der Versuch, mir Eindruck zu machen, oder einfach: Friss das und wir haben Frieden! Eben ist ein Haar in der Kerze verbrannt und der Geruch behagte mir, da er aufdringlich war. Jetzt die Klingel.

Es war die Nachbarin von oben. Sie feiern heute den Geburtstag der Grosstante, ich solle klopfen, falls es zu laut werde.

Danke.

Ich wollte die Türe schliessen vor ihrer Nase, als sie einen Satz rückwärts nahm. Sie war an das Organ getreten.

Gott, entschuldigen Sie, sagte ich und bereute sogleich, dass ich meine Stimme überhaupt erhob für die Katze, die nicht meine war. Ich holte Haushaltspapier und wollte das Organ vor der Nachbarin auflesen, aber die Berührung, der Eindruck von etwas Lebendigem, liess meine Finger zurückzucken. Dann fassten wir gleichzeitig Mut, knieten uns hin, aus dem Organ kam nun ein bräunliches Rinnsal geflossen. Ich hoffte, die Nachbarin würde zwischen der ekelhaften Aktion der

Katze und meinem grösstenteils unekligen Benehmen problemlos unterscheiden können. Das gesprungene Organ lag in ihren grossen, mit feinen Ringen dekorierten Händen, sie trug es in mein Museum, wir beide zuckten ein zweites Mal, als es im Müll aufprallte.

Zeit für ein Toast!, sang der Toaster.

Wir lachten, beide verlegen.

Lasst uns ein Toast essen. Butter, Käse, Konfitüre!, setzte er seinen Gesang fort.

Bidu, warum genau bin ich hierher gezogen? Dachte ich, diese Ruhe täte mir wohl? Nein, sie verdurchsichtigt mich, ich atme ein und mein Spiegelbild atmet aus, dann atmet es ein – ich habe Angst, dass dir wer tief ins Glas geschaut hat, gestern Nacht. Ich sah dich letzthin hinter der Scheibe deiner Küche zu Abend essen. Du hast konzentriert Spaghetti gesaugt, ich versuche das hier auch. Stattdessen fällt auf dem Weg von Pfanne zu Teller die Hälfte runter, oh, du dürftest mich laut auslachen, eine Hälfte auf mein T-Shirt, der Rest auf den Rücken der Katze. Ich putz den Boden, die Katze. Ja, du hast Recht, ich such mir was anderes, wo es wuselt und laut ist und mensch nachts aus dem Schlaf schreckt, weil im Zimmer nebenan noch laut Elvis Presley gehört werden muss. Ich gehe nicht davon aus, dass ich von der Einsamkeit auch nur eine einzige Weisheit lernen kann. Hier Zitat über die Einsamkeit einfügen. Dann noch vorsichtiges Schlusswort. Und liebe Grüsse, Bon

Die Katze springt mir während des Briefschreibens auf den Schoss, zerfetzt kurz meine Hose, springt wieder runter. Immerzu muss ich an Nächstenliebe denken, inwiefern Gott noch zu tun hat mit der deutschen Hauskatze.

Es passiert nicht mal was Besonderes, keine Klimax der Orientierungslosigkeit, als ich auf einmal Bidus Nummer wähle. Letztes Telefonat am 26. Dezember.

Es dauert einen Moment, bis Bidu rangeht. Solange es tutet, kann ich mir einen ersten Satz zurechtlegen:

Ich habe mich in der Wohnung verlaufen.

Wie?, fragt Bidu.

Ich war unterwegs zum Badezimmer, da bin ich in einen Zwischengang geraten.

So, so.

Und jetzt erkenne ich hier nichts wieder, sage ich vom Sofa aus.

Bidu schweigt.

Sag bitte etwas, sage ich.

Ich weiss auch nicht was, antwortet Bidu nach einer Weile.

Dann besser nichts, denke ich.

Wir hängen fünf Minuten schweigend am Telefon. Ich höre Bidu im Hintergrund irgendwas rumkramen, meine Hände suchen auch etwas, sie drücken die Aussenwände der Kerze ein. Der Toaster singt nochmal: Zeit für ein Toast! Lasst uns ein Toast essen. Butter, Käse und

Konfitüre, und ich leg das Telefon mit dem Bildschirm nach unten auf den Boden. Hätte ich doch Lora angerufen, sie hätte gefragt, ob ich ausmachen könne, wo Osten, wo Westen sei. Sie hätte versichert: Kein Problem, kennst du das unendliche Labyrinth?

Am Tag darauf bittet Frau Kummer mich, mit einem Seil einen Kreis zu legen. Ich lege und dann kommt da ein Tennisball in die Seilmitte. Das sei ich, mein Kern. Ich schiebe den Ball vorsichtig in meinem Lebenskreis herum. Und noch während ich verschiedene Ballpositionen ausprobiere, nimmt Frau Kummer Seil Nummer zwei und Ball Nummer zwei hervor, breitet einen zweiten Lebensraum aus, in dem deine, in der Bidus Seele rollt.

Platzieren Sie die Bälle so, wie Sie es für gut erachten.

Ich rücke Bidus Ball etwas näher zu meinem Leben. Und auch mein Ball rückt näher zu Bidus Lebens, wobei ich Bidus Ball einen gewissen Nähevorsprung lasse, als dränge Bidu sich an meinem Leben auf, was der Realität kaum entspricht.

Am Ende der Stunde gebe ich Frau Kummer die Hand, die später aus einiger Entfernung unsere Seelen in einen Korb wirft. Als ich schon draussen auf der Strasse bin, steht sie am Fenster, und ich sehe, dass sie mich bereits vergessen hat.

So viel zum Januar. Jetzt ist Februar, ich kann meinen eigenen Spuren durch die Räume folgen. Ich schreibe Briefe an dich, die ich nicht verschicke, ab und an verlasse ich das Museum, gehe aufs Arbeitslosen-Amt. Freue mich über die ungepflegten Fingernägel der Person am Empfang.

Zurück im Museum stell ich mich in jede Ecke einmal, als sei ich ein Exponat. Ich mache einen Flamingo, die Katze schaut zu.

Neben dem Kühlschrank mach ich mich lang, vor dem Balkonfenster mach ich mich kurz, ein Paket, das von der Katze beschnüffelt wird. Schwer abzuschätzen, wie viel Zeit so vergeht. Eine Stunde, zwei Tage, drei Jahre? Bis es klingelt. Durch den Türspion sehe ich nicht wie erwartet die Nachbarin, sondern Lora Hinderling, mit in Algenblätter gewickeltem Reis, erwartungsvoll. Fällt mir jetzt erst auf, dass ich bis anhin keinen Gast hatte, nur Bidu, der mir beim Umzug geholfen und sich dann schnell wieder aus dem Staub gemacht hat.

Lora fragt: Ich komm rein?

Wir sitzen zusammen an dem immensen Tisch, die Lampen hängen noch immer tief, und die Katze erkundet aufgeregt das neue Bein.

Lora lässt sich durch die Weite des Museums überhaupt nicht aus der Ruhe bringen.

Was ist dieses Geschreibsel, fragt sie und zeigt auf die Zettel, die den Tisch bedecken, die ich raschelnd jetzt zusammenschiebe.

Briefe, sage ich.

Briefe an wen?

Bidu, sage ich und höre selbst, dass es klingt, als hätte ich deinen Namen erfunden.

Kenn ich nicht, sagt Lora. Mir fällt ein, dass sie Bidu mal gesehen hat, und ich bin froh, dass sie kein Bild vor sich hat und stattdessen die Reisrollen in Scheiben schneidet.

Kurz frage ich mich, ob sie dem evangelischen Gemeinschaftswerk oder einer anderen Vereinigung angehört, ihre Genügsamkeit und Vorsicht hat etwas ganz und gar Nächstenliebendes.

Ich habe es sehr schön gefunden in jener Nacht auf den Sonntag vor einem Monat und es hat danach so lange wie aus Kübeln geschüttet ... Mein Zimmer ist mit dem ganzen Hügel einen Zentimeter tiefer gerutscht, sagt Lora.

Ich nicke. Dem Meeresspiegel einen Zentimeter näher, sage ich und dann: Lora, was denkst du, wer hier wohnt?

Du nicht, sagt Lora.

Nein, es wohnt hier eine Frau Schwarz, die ist auf Reisen, und das ist ihre Katze, sie heisst Effie Briest, aber ich kann ihr diesen Gefallen nicht erweisen, ich sag nur Katze.

Aha, sagt Lora, scheint Kohle zu haben.

Die Katze schwimmt im Geld. Einen ihrer Tentakelarme legt Lora auf den Tisch.

In einem Monat kommt sie zurück und ich zieh weiter.

Wohin?

Ich weiss es noch nicht. Ich muss mich erst noch in ein paar Haushalten vorstellen: Hallo ich heisse Bon, ja, wie das Französische gut, mit einem N. Das ist meine beste Grimasse, voilà, das sind meine Hobbys und meine nützlichen und weniger nützlichen Angewohnheiten. Ich esse alles vom Käse, auch die Rinde, ich hab eine Vorliebe für Dosensardinen und ihr so? Habt ihr einen Putzplan?

Mit einem Fuss kicke ich eine Plastikmaus, die Katze jagt ihr nach, ihre Pfoten krallen sich vergeblich in den Marmor.

Loras Blick liegt auf mir, nicht eindringlich, aber doch irgendwie wichtig. Ihre Hand schliesst sich um eines meiner Handgelenke, nicht fest, aber doch irgendwie bestimmt.

Jaja, ich habe es selbst gehört, wie ich klinge, wenn ich spreche, blechern wie ein Toaster, und mindestens so desillusioniert, während Lora mein Handgelenk hält.

Würde ich mit geschlossenen Augen wissen können, welche Hände es sind, die mein Handgelenk umfassen? Würde ich deinen Griff unter hundert Griffen ausmachen können? Sind wir nicht nachts manchmal aufgewacht in derselben Sekunde? Zuerst ich ins Bad oder du. Gabst du oder gab ich ein Zeichen, die Spülung nicht zu drücken. Haben wir sonst nichts geredet, sind wir bei fast keinem Licht im Gang gestanden und haben uns um halb fünf morgens umarmt? Jeder Ort, jede Stelle in mir hatte da die richtige Temperatur und auch die Luft um uns herum schien warm, schlaftrunken, uns zu halten. Wieder unter der Decke, hast du die Knirschschiene in den Mund geschoben und ich hab die Oropax in die Gehörgänge gedreht.

Noch mal durchs Senkloch?, unterbricht Lora meine Gedanken.

Ich schüttle den Kopf.

Dann auf meinen Hügel. Ich stimme zu und Lora packt die Katze in eine offene Papiertüte.

Bitte nicht, sage ich.

Lora lacht und das Gewicht der Katze reisst sogleich ein Loch in den Sack, sie fällt hindurch und faucht im Sturz.

Wir verlassen das Museum, ich bin sicher, dass es sich hinter uns in ein Schiff verwandelt, das farbig die Lichter angehen, es hinter uns auszusehen beginnt wie auf der letzten Seite eines Kinderbuchs, alle Katzen der Nachbar:innenschaft über die Dächer herbeiwandeln, ein riesiges Fest entfachen, lauter Organe mitbringen, über die die Katzen und Kater sich zufrieden hermachen.

Bidu, es ist März geworden. Ich wohne jetzt bei Lora Hinderling, du kennst sie, sie arbeitet mit Algen, wir trafen sie mal im Kino nach dem Almodóvar. Lora hat mir verboten, mich ausgiebig zu erinnern, darum tue ich es im Geheimen. Dachte vorhin an jene Jugendherberge im Oberland, grün war dort das Licht wie unter Wasser. Wir glaubten, ein besonders günstiges Menü gefunden zu haben. Wo wir nochmals nachschöpften und verstohlen den Dreck der Schuhe unter dem Tisch zusammenstäubten. War es nicht derselbe Ort, wo ein paar Monate später eine Diplomatin aus Genf dich ansprach? Dir anbot, mit ihr zu kommen. Die einen grossen Koffer dabei hatte und blau gestrichene Nägel. Die mit diesem Koffer durch mein Gehirn rollte und lärmte, die dich fast mitgenommen hätte. Klapp dich zusammen, steig in meinen Koffer. Und du, auf Tipps stets angewiesen, aufgesprungen, der Tipp deiner Mutter, jeden Morgen ein Glas Milch zu trinken, der Tipp einer Lehrerin, Soziologie zu studieren, mein Tipp, sich mit mir auf jenes Trampolin zu legen und sich dort die Brustwarzen abzulecken. Du bist gerne auf das meiste eingegangen.

Dass du damals nicht mitgegangen bist nach Genf, bescherte unserer Geschichte noch drei Jahre. Heute ist das Ende der drei Jahre schon vorüber. Seither werden mein Herz und dein Herz weiterhin wie Kröten nasse, kleine Sprünge getan haben.

Zwischen jedem meiner Buchstaben an dich hüpft diese Kröte, hüpft unermüdlich und hüpft und hüpft entlang einer Linie X: vorbeiziehende Zeit.

Machs gut, Bidu,

Bon

DAS GEGENTEIL VON SCHREIBEN

Die meisten Stunden, Morgen und beginnenden Nächte meines Lebens hatte ich mit Schreiben verbracht. Hatte dem Schreibberuf grosszügig meine Aufmerksamkeit, meine Wärme und meinen gesamten Schweiss geschenkt.

Als einmal wieder ein Frühling anbrach, sagte ich zu Elim, meinem Freund, mein Schreiben sei ein winselnder Hund geworden, um den ich mich nur noch widerwillig kümmere.

Er sause zwischen meinen Beinen herum und wolle, dass ich meine Hand nach ihm ausstrecke und sie ihm in den Mund lege, oh wie ist es warm zwischen deinen Lefzen ... Bist du denn mein Kind? Nein. Bist du mein ein und alles?

Nein!

Dann werde ihn los, schlug Elim im Witz vor. Und ich warf einen Stapel Notizbücher in einen öffentlichen Mülleimer. Als ich ihn hinter mir gelassen hatte und quer durch die Stadt davonlief, war die Luft geradezu übersättigt mit Sauerstoff.

Statt zu schreiben, tippte ich bald chirurgische Berichte ab und verdiente mehr Geld als mit meinen Büchern. In der Bewerbung hatte ich mich als junge, dynamische Schreibende vorgestellt, die seit zehn Jahren dabei war, Informationen in Computer zu tippen. Ich verschwieg, dass es sich um eigene, erfundene Informationen gehandelt hatte. Mein medizinisches Wissen und den Fachjargon führte ich auf mein dreimonatiges Spitalpraktikum zurück, in das ich mal in einer dürren Schreibphase geraten war.

Meine Kompetenzen wurden mir abgekauft. Eine bis in die Haarspitzen professionelle Sekretärin arbeitete mich ein. Nach sieben Minuten sagte sie zu mir: So, Frau Klopfenstein, dann überlasse ich Sie jetzt Frau Krause.

Frau Krause war die Chirurgin, die diktierte. *Exzision eines Teiles der dorsal verlaufenden Narbe und Eingehen auf den Tractus iliotibialis.* Wort für Wort schob sich in mein Ohr. *Der Gluteus dorsal im Narbengewebe muss etwas abgelöst werden*, klappte in mein Gehirn, *so wird der hintere Trokanter erreicht; hier ebenfalls Vernarbungen und am dorsalen Rand des Musculus vastus lateralis wird die Cerclage im Bereich des Quirls problemlos lokalisiert.* Und floss durch meine Finger auf die Tastatur. Nur manchmal warf ein Wort mich aus dem Protokollfluss, ein Wort, das irgendwo in mir etwas anrührte, berührte, sodass ich das Ding dann eine atemlose Sekunde lang anschaute, als habe es den Transport aus dem OP bis in dieses Dokument nur durch Zufall überlebt, als sei es ein Wort aus einer anderen Welt, gestrandet in diesem Bericht. Ich schloss die Augen und liess die Chirurgin weiterdiktieren. *Eine Thromboseprophylaxe ist nicht indiziert.*

Später wurde mir gesagt, es sei nicht gestattet, während des Transkribierens die Augen geschlossen zu halten. Das leuchtete mir ein. Ich streckte mich, riss die Augen auf und wirkte bald so kompetent wie die Sekretärin Furrer.

Das Protokollieren war kein Ersatz fürs Schreiben, es war das Gegenteil dessen, was ich während zehneinhalb Jahren getan hatte. An dieser Fachsprache gab es nichts zu vertiefen, nichts zu verlängern, nichts zu kürzen, nichts zu tun. Ich tippte sie, so wie sie die Chirurgin diktierte, ins System. *Hautschnitt: 14:26, Hautverschluss 14:54.*

Wenn es sechzehn Uhr geworden war, hatte ich fertig diktiert.

Ich lümmelte noch ein bisschen bei der Kaffeemaschine rum und hoffte, die Chirurgin zu Gesicht zu bekommen, deren Stimme seit Arbeitsbeginn in meinem Ohr wohnte.

Und dann? Hatte ich Zeit. Das war neu, vor dem Protokollieren hatte ich nie wirklich Zeit gehabt und gleichzeitig immer Zeit.

Ich trat auf die Strasse und hatte Lust, medizinische Fachbegriffe auszurufen. *Mikulicz-Klemme!*, wenn ich jemanden grüsste. Oder: *Anastomose!*, wenn ich mich wunderte.

Ich erinnerte mich an eine zufällige Begegnung vor Jahren in Barcelona. Ein Mann hatte mich gefragt, was ich so mache, wir sassen auf den Steinplatten von La Rambla. Ich sei Pilotin, antwortete ich. Ich hegte damals nie den Anspruch, die Wahrheit zu sagen, was meinen Beruf anging. Danach musste ich ziemlich viele Informationen liefern: welche Strecken ich flog, wie das sei mit dem Jetlag, was bisher der turbulenteste Flug gewesen war, warum ich keine Chinaflüge mache und so weiter.

Der Polizistin, die mich mal ausgefragt hatte, als ich pleite war und deshalb einen Pullover mitgehen lassen musste, sagte ich, ich sei Sommerintendantin. Ich weiss nicht, woher ich dieses Wort hatte, aber ich sah die Polizistin meinen erfundenen Beruf ins entsprechende Feld eintragen.

Seit ich nun aber für die Chirurgin Doktor Krause arbeitete, erzählte ich nur noch die Wahrheit. Ich sei Protokollantin. Und der Spruch zum Nachschieben war: Ich berichte, wie Menschen auseinandergeschnitten und wieder zusammengeflickt werden. Und bevor jemand auf die Idee kam, zu fragen, ob es sich dabei um einen Beruf handelte, konnte ich ein paar Sätze klugscheissen, die meine innere Chirurgin mir spontan diktierte. *Vorsichtige Präparation der Prostata im Apexbereich, konsekutive Loslösung von der Denonvillier'schen Faszie.* Und die Leute kicherten. Sie bemerkten wohl, dass diese Wörter für mich keinen Sinn ergaben, dass es bloss lustige Aneinanderreihungen von Buchstaben waren, zu denen ich zungenrote Gebilde vor mir sah.

Auch meine Verwandtschaft, meine Grossmutter und meine Tanten, waren zufrieden mit meinem neuen Beruf und sie fragten, vielleicht aus Höflichkeit, was ich mit dem Schreiben getan hatte.

Ausgesetzt! Das ist verständlich!, rief meine Tante aus. So was Anstrengendes aber auch, immer alles aus sich selbst zu löffeln, das ist beinahe ausbeuterisch!

Meine Verwandten hätten das früher auch schon mal so schön formulieren dürfen. Aber vielleicht waren sie auch einfach froh, meine Texte nicht mehr lesen oder loben zu müssen.

An einem Familienessen nahm Grossvater Franz mich zur Seite. Zog mich in seinen Winkel. Jael, nuschelte er, und wünschte, dass ich ihm einen Bericht mitbringe, ihn interessiere, wie so was aussehe.

Ich sass im ergonomischen Protokollantinnenstuhl, erfasste gerade den Hautschnitt eines K. Wolfsbeutel, als es an der Tür klopfte. Die Chirurgin stellte ich auf Pause und räusperte mich.

Es war die Sekretärin Furrer, sie sagte: Frau Klopfenstein, Sie schreiben Trochanter falsch. Trochanter schreibt sich Trochanter. Mit CH! Nicht K!

Ich nickte und fuhr fort.

Die Welt ausserhalb der Praxis und die Welt unter meiner Schädeldecke waren voller Dinge, die notiert werden wollten, aber ich überliess das nun den anderen. Elim zum Beispiel war gut darin. Und es gab garantiert genug Schreibende, die in etwa sahen, was ich sah, und dachten, was ich dachte, und das alles zusammenkratzten und durch den Schreibwolf liessen.

Du bist nicht mehr bleich!, sagte Elim, als wir uns wiedersahen, und lachte.

Du bist ja gar nicht mehr bleich!

Ja, sagte ich.

Du siehst richtig rosenhaft aus, sagte er. Und du hast Locken. Wieso hast du Locken?

Weil ich tief genug schlafe, sagte ich.

Und als wollte ich Elim mein neu erworbenes Glück demonstrieren, ass ich zwei Erdbeereise hintereinander, ich schluckte grosse Stücke und liess sie kalt in meinen Rachen laufen.

Und was tust du jetzt den ganzen Tag?, fragte Elim mich.

Heute hab ich Wetten abgeschlossen.

Mit wem?

Mit mir selbst. Wie viel Blut hat zum Beispiel Herr Wolfsbeutel verloren?

Elim dachte nach und kaute dabei auf seiner Unterlippe.

Ich schätze einen Liter?

Niemals! Blutverlust: 400 Milliliter.

Elim sah mich an. Seine Augen versuchten in meinem Gesicht die oberste Schicht abzublättern.

Komm, sagte ich zu ihm, griff nach seinem Kinn und küsste es. Elim sah aus, als müsste er noch einiges zu Ende denken, bevor er Zeit zum Küssen hatte, also klappte ich die Zeitung auf.

Ich war weitgehend informiert und vertraut mit dem politischen Hin und Her der Tage. Wenn ich mit den Teilen Ausland und Inland durch war, las ich mein Horoskop. Darin stand, ich müsse auf der Lauer sein. Ich wechselte das Sternzeichen, lieber wollte ich Löwe sein. Nun lief alles auf Hochtouren. Karriere, Liebe, Beruf, Gesundheit. Elim beobachtete mich, ich konnte an der Kurve seiner Augenbrauen ablesen, dass er gerade Sätze suchte für die Situation.

Meinem Grossvater brachte ich einen kopierten Bericht über Herrn Wolfsbeutel mit, und nun murmelte er in seinem Winkel unter dem Bisonfuss leise vor sich hin.

Lies laut, Franz!, rief meine Grossmutter, die Hände in den Blumen.

Mein Grossvater sah kaum hoch, sagte nur: Es ist geheim, Chérie.

Sie holte nun eine andere Vase für die Blumen, die ich aus einem Garten gestohlen hatte.

Willst du Kuchen?, fragte die Grossmutter und brachte mir von dem flachen Gebäck mit Weinbeeren.

Mir schien, ich atmete seit Wochen nur noch aus. Ich atmete und ass den Kuchen meiner Grossmutter. Und mein Grossvater summte, ich meinte, das Wort Tachykardie zu hören in seiner sonst wortlosen Melodie. Und hinter den Blumen und in der freundlichen Atmosphäre, die die Grosseltern für einen einrichten, schlief ich ein.

Am Tag darauf traf ich zum ersten Mal die Chirurgin Krause.

Sie sagte: Aha! Sie sind meine Protokollantin!

Ich nickte. Mir war, als spräche sie direkt in meinem Ohr, ihr Gesicht passte nicht zur Stimme. Es war riesig, Riesennase, Riesenaugen, Riesenmund, darin Riesenzähne.

Sie angelte sich mit ihrer Tatze eine Kaffeekapsel aus dem Karton und drückte sie in die Halterung.

Neue Woche. Neues Glück?, sie drückte den Knopf der Kaffeemaschine.

Ich war kurz zu baff, um zu antworten. Was war das für ein billiger Kalenderspruch? Ich wollte, dass sie operativ sprach und nur operativ.

Ich sagte: Heiliger Trochanter, und da hätte die Chirurgin fast ihren Kaffee wieder ausgespuckt.

Heiliger Trochanter!

An ihrem Kittel war Blut.

Was Elim und mich anging, wir verbrachten einen zunehmend schönen Frühling. Eines Tages wartete er auf mich vor der Praxis und sagte, dass er, inspiriert durch mich, sein Schreiben auch vernachlässige, gab mir die Hand, wir pflückten die eine oder andere Osterglocke, und es war vieles so gut, dass mir nur noch selten einfiel, was früher so schwierig gewesen war. Manchmal half Elim mir auf die Sprünge und erinnerte mich daran, wie wir uns zum Beispiel mit unserem Schreibmaschinengetacker wahnsinnig gemacht hatten:

Ich hatte in seiner Küche gesessen und getippt. Aus Elims Zimmer hörte ich nichts. Da kam er rüber mit einem Leidensgesicht und fragte: Wie viele Zeichen schreibst du eigentlich pro Minute?

Sieben, sagte ich. Elim ging wieder in sein Zimmer.

Ein paar Minuten später kam er zurück. Er trug eine Skijacke und fragte: Musst du mit der Maschine?

Heute schon. Stört es dich?

Dann fand ich ihn ein paar Stunden später nicht mehr in seinem Zimmer, auch nicht in der Stube, aber in der Garage der Nachbarin, mit Kopfhörern. Und die Kapuze der Skijacke hochgezogen.

Momente dieser Art gehörten der Vergangenheit an. Jetzt begann der Tag damit, dass Elim reglos über seinen Büchern sass, Gedichte oder sonst was las, während ich schon ausgiebig gefrühstückt hatte und wusste, wo ich hinmusste und was mir dort ungefähr passieren würde.

Ich öffnete die Tür zu meinem Protokollkabinett. Es freute mich, nicht mehr durch Wände sehen zu müssen. Es freute mich, dass ich sagen konnte: Das ist eine Katze, wenn ich auf dem Fenstersims eine sah. Ich musste nicht über den Begriff Katze nachdenken. Ich konnte ihn einfach brauchen. Sagen: Oh, eine Katze. Ich musste auch nicht nach einem Adjektiv suchen, wenn das Licht dann auf das Katzenfell fiel und es glimmen liess.

Frau Krause war dazu übergegangen, ihre Berichte nicht mit dem Hautverschluss sondern mit *Heiliger Trochanter* zu schliessen. Sie sagte es ganz trocken, in der Diktiersprache, und ich kriegte Gänsehaut, wenn sie es sagte, als wäre es das Codewort irgendeiner Verschwörungsgesellschaft.

Ich wollte sie nun nicht mehr per Zufall an der Kaffeemaschine vorfinden und zog meine Schuhe rasch an, da stand sie auf einmal im Türrahmen. Ihre harmlose Riesigkeit schwappte auf mich über.

Frau Klopfenstein, sie flüsterte beinahe. Sie haben ein Buch geschrieben.

Ja, sagte ich.

Ich habe es bestellt, sagte sie.

Es ist uralt, sagte ich.

Es kommt am Mittwoch per DHL. Ich bin gespannt.

Ich nickte.

Ich habe früher auch geschrieben, sagte Frau Krause.

Ich nickte einfach weiter.

Und weil ich kein Interesse daran hatte, ihre ersten Gehversuche im Schreiben gegenzulesen, fügte ich an:

Ich habe das Schreiben beerdigt. Rasch ging ich hinaus, wo Elim wartete und las.

Jetzt muss ich doch noch Schichtführerin Joghurt-und-Quark-Abfüllung werden, sagte ich und hakte mich bei ihm unter.

Warum?

Die Krause weiss von meiner Vergangenheit.

Aber konnte ich nicht einfach unbesorgt sein? Hatte ich den Winselhund nicht längst abgehängt? Es kostete mich keinerlei Anstrengung, um Bücherläden einen Bogen zu machen. Es kostete mich auch keinerlei Anstrengung, Lesungen zu meiden und nur noch die Zeitung, kein einziges Buch mehr aufzuschlagen.

Ich schrieb nur noch pragmatische SMS. Hallo. Ja. Gut. Bis später. Achtzehn Uhr passt! Wenn Elim etwas zitierte, und er kannte einige Textstellen aus geliebten Werken auswendig, wenn er dann mal wieder bei Sonnenschein eine Zwetajewa hervorzauberte oder eine Adelheid Duvanel, schaltete ich auf Durchzug. Hingegen konnte ich ihn fragen, wie es um seinen Kläffer stand.

Wie steht es um deinen Kläffer, Elim?

Ach, Elim kramte sein Notizbuch hervor und blätterte ein bisschen darin rum. Ich kannte seine kleine, schwarze Kritzelschrift gut. Er ist beleidigt. Drei Tage dachte ich, ich hätte was gefunden, eine alternierende Perspektive, ich, es, ich, es, achtzehn Seiten und heute Morgen dann gemerkt: Es ist Schrott.

Ich zuckte mit den Schultern, ich wusste, wie es war. Dass wir ziemlich frenetisch Dinge geschrieben hatten, beinahe blind, zwei Tage später waren sie uns fremd und peinlich gewesen, wie die Reste der Feuerwerkskörper, die am Morgen nach Silvester im Garten liegen.

Elim erzählte, dass er eine Lesung im Atomic habe und ob ich fände, das Atomic sei gut für was Wehleidiges oder ob lieber was Trockenes.

Ich kannte seine Texte, er hörte sich meine Einschätzung an und nickte.

Es wurde April. Ich schrieb Trochanter korrekt. Hin und wieder kam es trotzdem vor, dass die Sekretärin auftauchte und mir sagte, transinginal schreibe sich mit U, inguinal, und Pelwiner mit V wie Ventilator. Ich schrieb mir die kompliziertesten Wörter auf die Hand und fuhr mit dem Stift wieder und wieder nach, bevor sie in meiner Haut verblassten. Bald gab es keinen Begriff mehr, den ich nicht kannte. Wenn ich tippte, sah ich die riesige Frau Krause die Haut aufklappen und in den Organen der Leute die verschiedenen Wörter umherschieben. *Spaltung der beiden Rektusbäuche. Bei den innenliegenden Netzen ist die Präparation des prävesikalen Raumes* Es unterbrach uns ein Klopfen.

Furrer stand in der Tür in ihren rosa Gummischuhen und hatte ein persönliches Anliegen.

Ja?, sagte ich mit der Freundlichkeit, die ich von ihr abgekupfert hatte.

Frau Krause hat eine Frage an Sie.

Soll sie doch direkt fragen, dachte ich. Sie spricht ja den ganzen Tag in mein Ohr hinein.

Sie möchte wissen, wieso Sie den Schreibberuf beerdigt haben.

Beerdigt? Hatte ich das so gesagt?

Nun, sagte ich. Die Frage kam mir als Mücke entgegengeflogen.

Es war mir so langweilig geworden. Ich rieb mir das Auge. An meiner Antwort stimmte nicht der winzigste Krümel.

Nun steckte Furrer den Kopf tiefer durch den Türrahmen, ganz komplizinnenhaft.

Frau Krause hat auch schon mal überlegt, ihren Beruf an den Nagel zu hängen, und endlich Schriftstellerin zu werden.

Ich atmete tief ein, ich atmete tief aus.

Schon nur ihre E-Mails! Die zeugen von grossem Talent, nicht?

Ich erhalte von Frau Krause keine E-Mails, sagte ich und wandte mich dem Bildschirm zu.

Während Elim im Atomic aus seinem Buch, das nie ein Ende fand, vorlas, sass ich auf dem Sofa meiner Grosseltern. Wir schauten eine Quizshow.

Grossvater sass in seinem Winkel, wo er seinen Lebensabend verbringen wollte. Meine Grossmutter hielt seine Hand und lachte, wann immer es die Show erlaubte. Ich schaute nicht richtig zu, sondern dachte nach.

In meiner Verwandtschaft hatte bis anhin niemand viel mit Sprache anfangen können. Natürlich:

Alle redeten gern und es wurden Erfahrungen wie *Ich ging zum Zahnarzt Schmidt* oder *Auf dem Friedhof sah ich einen Nackthund* ausgetauscht. Aber niemand schrieb. Oder interessierte sich für die Erzeugnisse derer, die sich freiwillig in eine Kammer sperrten, um dort Lebenszeichen auf weisse Seiten zu pressen. Ich sah zu Grossvater, der mit glasigen Augen in seinem Sessel lag. Er war gelernter Dachdecker.

Ich bin zuständig dafür, hatte er gerne gesagt, dass keinem der Regen in die Stube fällt. Seine Frau, meine Grossmutter, hatte eine Zeit lang für die Post gearbeitet. Mit dreissig war sie Mutter geworden und hatte ihre Arbeitsuniform zu den Winterkleidern gelegt. Ihre Kinder waren ein Bauingenieur, eine Biologin und mein Vater ein Autohändler geworden. Gern zitierte meine Grossmutter den Satz, den sie irgendwo mal gelesen hatte und der für den Rest ihres Lebens ein Credo werden sollte: Ein Gedanke hat noch keine Maschine in Gang gebracht. Jetzt lachte meine Grossmutter laut. Auf dem Bildschirm wurde eine weisse Ziege hereingetragen, sie war der Trostpreis.

Ich summte, wenn ich zur Arbeit ging. Alle Vögel summten mit mir, und einmal stieg ich vom Rad und trug eine Raupe über die Strasse. In meinem Protokollzimmer wartete alles in freudiger Bereitschaft auf mich, und wollte, dass es weiterging: Hier kommt Ihre Protokollantin. Wir haben den 5. April und das Wetter ist wunderbar.

Wolfsbeutel wurde ein zweites Mal operiert. Diese Operation war kürzer als die erste. *Nun wird die Anastomose geknotet, welche sich als wasserdicht präsentiert mit prompter Kommunikation zwischen dem suprapubischen und dem transurethralen Katheter. Dieser Sommer will nicht zur Ruhe kommen. Verschluss der Rektusfaszie. Die Nächte sind ganz kurz und nur beiläufig dunkel.* Frau Krause diktierte, und ich spürte den Stuhl unter mir davonrollen.

War Wolfsbeutel noch auf dem Schragen gelegen, als Frau Krause ihr lyrisches Intermezzo einlegte? Oder hatte sie sich schon den Kittel ausgezogen und im Vorzimmer einen zerknitterten Zettel aus der Manteltasche geklaubt, den sie leise ins Aufnahmegerät diktierte? Ich spulte rückwärts. Noch einmal Wolfsbeutels Faszien, Samenleiter, Blasenhals, Anastomose, und dann liess ich mich von Frau Krause Sätzen fluten.

Elim wartete draussen in einer alten Trainerhose und mit Lyrik in der Hand.

Ich zog den Reissverschluss meiner Jacke hoch, aber war es nicht warm genug? Ich zog ihn wieder runter.

Elim, dem aus jeder Pore ein Fühler wuchs, sagte: Hast du gekündigt?

Ich lachte und etwas in meinem Magen polterte. Es kommt doch nur daher, dachte ich, dass ich lange ohne Literatur ausgekommen war, dass dieser Text der Chirurgin Krause mir beinahe die Seele hatte umkrempeln wollen.

Warum sollte das überraschend sein? Manchmal schreibt wohl auch eine Chirurgin aus dem Nichts oder unter einem schweren Herzen ein stimmiges Gedicht.

Gehen wir zum Ententeich?, fragte ich.

Elim blieb stehen. Ich zog an seinem Saum. Er sah mich von der Seite her prüfend an.

Hast du geschrieben, Jael?, fragte er.

Nein!, rief ich, ich rief es laut, fast schrill.

Im Nachhinein würde ich sagen, es war da schon um mich geschehen. Ich wartete mit warmen Augen und pochender Brust vor dem Bildschirm die nächste Wucht ab. Jedes Wort, das Frau Krause diktierte, tippte ich in den Bericht, und strich die lyrischen Einlagen erst später raus.

Die Diktate liessen mich vieles auf einmal fühlen, ich war ein Ameisenhaufen. Ein paar Ameisen wollten die Sätze sammeln und sie Elim zeigen. Ein paar andere Ameisen wollten sie in ein anderes Dokument transportieren, um dort einen eigenen Text aus ihnen zu formen. Also schreiben? Wollte ich schreiben?

Nein!

Ich wollte protokollieren.

Ich bin die Protokollantin, sagte ich laut. Und eisern guckte ich jedes einzelne Möbelstück meines Kabinetts an.

Nun brachte Furrer mir einen Kaffee. Wohl hatte sie mich gesehen, als ich zur Toilette gegangen war, und befunden, ich sähe heute verändert aus. Ich bin dieselbe, dachte ich. Ich stürzte den Kaffee runter. Dass ich Kaffee schlecht vertrug, hatte ich vergessen und den Rest des Tages war mir übel.

Ich ging zu Elim, fahl im Gesicht, lag auf einem Stuhl in der Sonne und klopfte mit meinen Fingern irgendwelche rätselhaften Rhythmen.

Hast du geschrieben?, fragte Elim wieder.

Ich habe doch gesagt: Ich habe Kaffee getrunken.

Ich klang ganz bitter und kratzte von Elims Balkongeländer etwas Lack ab.

Elim ahnte vielleicht, dass unter meiner bleichen Haut etwas leuchtete oder gar kreischte.

Am Dienstag darauf war der Operationsbericht eines Herrn Lochers voller lyrischer Fundstücke, Zeilen aus Gedichten? Oder Ausgewähltes aus einem grösseren Text? Ich wusste es nicht. Ich tippte: *Schnitt 3 mm oberhalb des gut sichtbaren neurovaskulären Bündels rechts an der äusseren Kapsel der Prostatafaszie was will ich hinausziehen die Winde inneres Blatt der endopelvinen Faszie. Einlage einer transkutanen Char 12 Zystostomie. die ich sammelte die Gewitter um sie dir zu zeigen und ein paar von den wankenden Lichtern sechs Nähte im Bereich des Sphinkters.*

Frau Krause las die poetischen Teile mit der akribischen Diktierstimme, ganz so, als gehöre das Gedicht in die OP hinein. Ja, als könne die Operation nur des Gedichtes, seiner Poetik und wundverschliessenden

Eigenschaften wegen zu einem sicheren Ende kommen.

Und fast wäre ich einen Stock nach oben gelaufen, um beim OP-Saal zu klopfen und einfach schnell zu sagen, dass ich es schön fand. Dass diese Sätze in mir aufgingen wie irgendwelche verdammten Blumen.

Tatsächlich begegnete ich Frau Krause nach Arbeitsende neben der Kaffeemaschine. Eine Riesin, die aus einer winzigen Tasse trank. Sie hatte keine Augenringe, sie sah kerngesund aus und nicht wie eine, die die Nacht über schreibt und tagsüber operiert.

Ich dachte, ich nehme meinen Mut zusammen und spreche unser Geheimnis an.

Stattdessen taten wir beide einfach so wie immer. Wir nahmen die praxisübliche Normalität an. Wobei ich meine Bewunderung nicht ganz von meinem Gesicht schieben konnte, und in einer Sekunde, in der wir uns ansahen, blendeten ihre Augen mir fast dieselbe Bewunderung zurück.

Sie sagte, sie müsse weiter.

Ich lächelte. Sie lächelte. Ich wollte ihr danken, für ihren Feinsinn und ihr Sprachgefühl.

Sie ging hinaus, ich guckte in ihre leere Kaffeetasse, als dürfte ich nun endlich aus ihrem Satz lesen.

Nun fiel mir bald wenig ein, was so interessant war, wie in Frau Krause Praxis zu sitzen und die lyrischen Teile wie Butter zwischen die Fachterminologie zu schmieren.

Es passierte, dass ich auch nach der Arbeit noch kicherte oder vergnügt summte, als sei Frau Krause ein sonderbar schöner Scherz gelungen. Elim meinte, er müsse mich aus den Wolken pflücken, und war ein bisschen deprimiert. Er zog mich an sich heran, aber ich wand mich aus der Umarmung, rannte wie ein Reh über ein Feld, bis das Herz mir im Mund hüpfte.

Der nächste Tag war ein Samstag. Ich mochte Samstage nicht mehr. Ich wollte tippen, tippen, tippen, am liebsten den ganzen Frühling lang.

Ich klingelte bei Elim, der mich nur kurz begrüsste und dann in sein Zimmer verschwand. Ich sah mir die Postkarten an, die an seinem Boiler hingen. Ein brennendes Haus. Eine Gans, die davonstob. Dann ein Foto von uns in diesem Frühling, die Augen sperrangelweit offen, und als ich zu Elim ging und ihn irgendwie berühren wollte, mit der Hand oder dem Fuss, sagte er: Später.

Er könne gerade gut arbeiten.

Du liest ja nur, sagte ich und begann in seinem Zimmer rumzuschlenkern. Zog irgendein Buch aus dem Schrank, Blätter fielen zwischen den Seiten heraus, ich raschelte und maulte.

Gehen wir schwimmen?

Elims Augenbrauen wurden steil. Ich habe keine Zeit unbesorgt rumzuhängen.

Elim!

Lass mich arbeiten, sagte er und machte mit dem Kopf eine Bewegung, als müsste er mich wegwischen.

Ich verliess die Wohnung ohne Gruss. Es gibt Leute, dachte ich, die was Schlaues studiert haben, die einer sinnhaften Arbeit nachgehen und nebenbei Gedichte schreiben, die sind besser als das Meiste von dir und mir zusammen.

Ich tigerte durch meine Wohnung. Einen Abend allein zu verbringen, mit diesen unruhig gewordenen Fingern und dieser unfreundlichen Erinnerung an Elim, stellte ich mir anstrengend vor. Ich richtete vor dem Spiegel mein Haar und fragte mich: Was ist das Gegenteil von Schreiben?

Ich beschloss, es sei Mannschaftssport.

Ich ging zur Sportwiese. Hier waren Elim und ich manchmal vorbeispaziert und hatten Kindern zugeschaut, wie sie als blaue oder grüne Stäbchen über den Rasen rannten.

Dieses Mal trainierte eine Mannschaft junger Männer. Ich brauchte bloss lange genug am Zaun zu stehen, bis einer von ihnen brüllte: Wer zu lange guckt, spielt mit! Ich kam ins Team blau. Einen Abend lang war für mich gesorgt auf dem grünen, frischen Rasen, und als es kühler wurde, spazierte ich mit der Mannschaft übers Feld, hin und her, als sei das Feld der Strand, an dem wir auf- und abgehen. Und der Abend schlug warme Wellen. An meiner rechten Seite Mohammed, links

Cirkan, fragten sie mich, was ich tue, wenn ich nicht einem Ball hinterherjage. Ich bin Chirurgin, sagte ich. Als die Nacht einfiel, streichelte einer von ihnen mir den Hals.

Jemand spielte Gitarre, der Mond ging einmal quer über den Himmel. Und während ich küsste, kam es mir vor, als sähe mir jemand mit grossen, nassen Augen zu. Der Winselhund? Ich verstand nicht, warum. Ich jagte ihn fort.

Elim und ich sassen auf der Mauer, wir waren eben in der Gelateria gewesen, da sagte ich:

Ich habe einen Fussballer geküsst.

Elim erstarrte mit dem Erdbeereis an seinem Mund.

Wieso?, fragte er.

Um fünfzehn Uhr, hatte Elim gesagt, könne er eine Stunde Pause vertragen.

Weil ich nicht schreiben wollte, antwortete ich.

Elim lachte, aber es klang böse.

Also musst du jetzt den Rest deines Lebens irgendwelche Leute küssen, damit du unterhalten bist?

Genau, sagte ich.

Etwa zwanzig Sekunden lang wusste ich nicht, was nun mit unserem Gespräch passieren würde. Da führte Elim das Eis, mechanisch und wie in Zeitlupe, von seiner Zunge fort, und drückte es in die Steine. Er ging.

Das Eis brauchte eine halbe Ewigkeit, bis es geschmolzen war.

Ich sah die ganze Zeit in die Richtung, wo Elim verschwunden war. Der Tag wurde dunkel, als habe jemand ein Brett vor den Himmel geschoben.

Von nun an schlief ich schlecht. Frau Krauses gestreute lyrische Erzeugnisse berührten mich wie das Licht am Ende des Tunnels. Ich sass übermüdet vor dem Computer und liess mir ihre Worte unter die Haut krabbeln. Frau Krauses Stimme war auch dann noch in meinem Ohr, wenn es Nacht war, wenn ich mich von der einen auf die andere Seite wälzte. *Subkutannaht von den Haaren auf deinen Armen und den Rinnen in deiner Hand dort wolle ich wohnen Hautverschluss mit Klammern.* Einmal schrieb ich vor dem Zu-Bett-Gehen eine Nachricht. Entschuldigung Elim, um dann mitten in der Nacht aufzuwachen und zu sehen, dass Elim nicht geantwortet hatte.

Da war auch kein Elim, wenn ich um sechzehn Uhr aus der Praxis trat. Ich ging allein zum Ententeich.

Hinter einem Gebüsch machte ich drei verzweifelte Liegestütze, dann liess ich mich ins Gras fallen.

Ist dir noch nicht langweilig geworden?, hatte Elim mich manchmal gefragt. Er hatte nicht glauben können, wie gut es mir ging. Ich hatte geblüht, direkt an der Seite des Frühlings. Es geht mir doch immer noch gut, dachte ich, den Kopf im feuchten Gras. Und es blühte immer noch jeder Strauch oder war in einem wolligen Grün aufgegangen, und die Vögel zwitscherten, die Tauben paarten sich, ich aber war auf der Rückseite des Frühlings angelangt.

Es klingelte mein Handy. Endlich, dachte ich, aber es war meine Grossmutter. Sie rief an, um mir zu erzählen, dass sie von mir geträumt hatte.

Was hast du denn geträumt?

Ich warf einen Kieselstein in den Ententeich. Der Kiesel schlug die üblichen Ringe.

Ich habe geträumt, Jael! Du hast für die NASA gearbeitet! Du trugst eine Rüstung aus Stahl und dein –

Ich hörte nicht richtig zu, es war die liebe Stimme meiner Grossmutter, die ich in dem Moment gegen die Stimme Elims eintauschen wollte.

In meinem Unmut lief ich ziellos durch die Gegend und alles, was ich sah, begann wieder laut zu mir zu sprechen. Eine Jacke im Gebüsch. Ein Faden, der im Wind zitterte.

Ich ging vorbei an der Sportwiese. Es spielte die Mannschaft vom letzten Samstag und Mohammed kam zum Zaun gerannt. Sein Gesicht glänzte. Er sagte: Die Chirurgin! Spielst du nochmal mit? Ich schüttelte den Kopf.

Hast die Grippe?, fragte er.

Ich schüttelte den Kopf immer nur weiter, Mohammed rannte ratlos zurück aufs Feld.

Frau Furrer in ihren Gummischuhen hatte Mitleid mit mir, mit meinem halbherzig hochgezogenen Mundwinkel. Sie brachte mir Kaffee, von dem ich jeweils einen kleinen Schluck nahm, den Rest goss ich in die Topfpflanze, die einen Wachstumsschub kriegte und dann von einem auf den anderen Tag wie betrunken aus ihrem Topf kippte.

Auch ich kippte aus meiner Kompetenz heraus. In einem plötzlichen Verdacht, dass ich Elim nur mit einem Brief bewegen konnte, mir zu verzeihen, tippte ich eines Nachmittags alles ab, was Frau Krause diktierte. Ich tippte die Lyrik, ich tippte die Operation, und griff dann die schönsten Sätze und die Organe, an denen sie hingen, aus dem Dokument und tat sie ein neues. In eines für Elim.

Ich verabschiedete mich zum Arbeitsende bei Frau Furrer, schlich ums Haus und durchs Fenster wieder in mein Protokollierzimmer hinein. Ich ass Schokoladeneier, und fischte weiter aus Berichten die schönsten Teile. Gegen Mitternacht rollte ich mich unter dem Tisch zusammen und schlief kurz und sehr tief neben der gekippten Pflanze. Die Sonne ging unter, sie ging auch wieder auf, und da kam auch schon Furrer in mein Zimmer gerannt. Ihre Haare waren in einen Tumult geraten.

Der Hausarzt Tschann hat angerufen, rief sie, dem Bericht fehlt die Hälfte!

Sie las mir vor, was geblieben war.

Es klang, als habe ein Kind die Operation durchgeführt, ein Skalpell genommen, hier etwas Haut rausgeschnitten, da ein Wort in der Wunde versenkt. Ich musste lachen. Zuerst nur ein bisschen.

Dann brach es aus mir heraus. Mein ganzer Körper geriet in ein unkontrolliertes Schütteln, bei dem mir die Tränen aus den Augen spickten. Und als ich dieses Wort dachte, meine Tränen spicken, wurde mein Lachen noch hoffnungsloser.

Frau Furrer stand dort und ihre Professionalität war von ihr abgerutscht wie ein Mantel von seinem Bügel.

Sie kündigten mir. Sie mussten. Denn im Verlauf der Woche riefen verschiedene Ärztinnen und Ärzte an, die die Berichte nicht verstehen konnten, da ich sie zerpflückt und nicht wieder hergerichtet hatte.

Ich lächelte und steckte die Seiten für Elim, deretwegen ich meinen Job verloren hatte, in ein Couvert. Vor diesem Hintergrund würde ihm der Text noch besser gefallen.

Als ich ein letztes Mal aus der Tür treten wollte, schnitt Frau Krause mir den Weg ab.

Sie sagte mit der Diktierstimme: Heiliger Trochanter.

Und ich sagte: Heilige Scheisse.

Ihr Buch hat mir gefallen, sagte sie.

Sie gab mit ihre riesige Hand.

Es hat mich inspiriert.

Und beim Weggehen blieb sie noch einmal stehen, ein Innehalten, wie es nur in Filmen vorkommt, ohne sich umzudrehen, sagte sie mir ihren letzten Willen. Sie müssen wieder Ihre eigenen Dinge schreiben, Frau Klopfenstein.

Ich hatte es nie gemocht, wenn Autorinnen behaupteten, sie müssten schreiben. Als hätten sie keine Wahl. Dann wollte ich widersprechen: Es sei nichts als ein sentimentales und lächerliches Aufbegehren, das Bedürfnis zu schreiben mit dem Bedürfnis zu essen oder zu pinkeln gleichzustellen.

Nachdem ich das Couvert frankiert und eingeworfen hatte, ging ich zu meinen Grosseltern, um mich auf ihrem zeitlosen Sofa auszuruhen und mich wieder in meine eigenen Reihen einzugliedern.

Es war Grossvater, der mir die Tür aufmachte.

Mutti ist beim Zahnarzt, sagte er.

Er verzog sich in seinen Winkel und ich legte mich in die violetten Kissen. Blätterte in der Fernsehzeitschrift.

Was ist ein TRALI?, fragte Grossvater, er hatte wieder den Bericht vom Wolfsbeutel hervorgekramt.

Das ist eine Vorrichtung für Innennähte, sagte ich, ohne eine Ahnung zu haben.

Ich flog mit dem Blick durch das Fernsehprogramm, ohne etwas wiederzuerkennen.

Bringst du mir mal eine Herzoperation mit?, fragte mein Grossvater als Nächstes.

Hab bisher keine Herz-OPs getippt.

Mein Grossvater nickte enttäuscht.

Ob auch ich enttäuscht war, weil ich keine Protokollantin mehr war oder erleichtert oder beides gleichzeitig? Ich wusste es noch nicht. Ich legte die Fernsehzeitschrift zurück auf den Fernsehtisch. Da sah ich, dass dort still und unbemerkt mein erstes Buch lag. Ich dachte, jetzt werden die Alten also auch noch nostalgisch. Als ich das Ding aufschlug, ein paar Zeilen las und dabei Frau Krauses Stimme unmittelbar zu diktieren begann, fing mein Herz recht laut zu pumpen an. Dieser Sommer will nicht zur Ruhe kommen. Ich sah rüber zu meinem Grossvater Franz, der aber war versunken in einem Schachspiel gegen sich selbst. Die Nächte sind ganz kurz und nur beiläufig dunkel. Ich begann zu blättern, dabei wurden meine Beine ganz warm, es hatte sich ein schweres Tier auf meinen Füssen zusammengerollt.

MANN-FRAU-SCHEISSE

Warum weinen Sie?
Sie sagte: Thomas.
Dann ass sie den Möhrensalat mit Senf
bis zum Ende.

Emine Sevgi Özdamar

Wir hatten es probiert, aber wir kriegten es nicht mehr hin, uns zu lieben, so wie Adam und Eva und die anderen grossen Vorbilder, die wir auf der Leinwand hatten lieben sehen. Selten länger als ein paar Sekunden, sie hatten sich gekriegt und geküsst, da setzte auch schon der Abspann ein.

Die eigentliche Liebe, der Alltag, der Salat, die Frage, was morgen anstünde, der Neid, die aus Langeweile ausgerissenen Haare, blieben lieber unerzählt.

Wir hatten es gutgehabt und ich kann nicht mal sagen, was es genau gewesen war, das Anfang des Herbstes umschlug, als wir auf einmal nicht mehr wussten, wie das ging mit dem Sich-Vertragen.

Ich wollte Clarice sehen, aber ich wollte sie auch nicht sehen. Am letzten Mittwoch im Oktober, nach meiner Schicht im Kino, fuhr ich einen ausführlichen Umweg. Um nicht anzukommen, um nicht zu sehen, dass hinter dem Fenster meines Zimmers Licht brannte. Ich war sofort verärgert, nur weil Licht brannte. Sollte Clarice denn in der Dunkelheit sitzen?

Ich stand vor meiner Tür und sammelte meine Hoffnung. Clarice sass mit dem Rücken am Heizkörper, und ich merkte an der Art, wie sie ihre Füsse aneinanderdrückte, dass auch sie sich auf mich gefreut und sich vor mir gefürchtet hatte. Ich gab ihr die Hand, um sie nicht zu überfallen. Wie geht's?, fragte ich.

Sie nickte, betrachtete mich, drückte meine Hand und liess sie fallen. Ich ging rüber zum Bett, zupfte ein bisschen an der Decke. In meinem Kopf waren in jener Zeit häufig klar formulierte Sätze zu finden, die, wenn ausgesprochen, unsere gemeinsame Zeit in zweieinhalb Sekunden beendet hätten. Gerade aber fuhr ich meinen Hals aus, um ihr freundlich einen Kuss zu geben auf die Wange.

Clarice sagte: Hallo.

Dieses Wort war mir zu banal, darum sagte ich auf Italienisch: Buona sera, was nicht viel besser war und merkwürdig im Zimmer hängen blieb. Merkwürdigkeit an sich hätte ich begrüsst, aber sie hätte radikaler sein müssen. Dass Clarice ihre Nase gewechselt hätte zum

Beispiel. An mir war mir auch alles verleidet, mein Haar, meine Stirn und mein doofer Blick, ich sah mir seit langer Zeit viel zu ähnlich.

Einen Moment lang sassen wir nebeneinander an der Heizung. Von aussen betrachtet hätte das Bild mit einträchtigem Frieden verwechselt werden können. Irgendwann stand ich auf und riss meiner Grünlilie ein paar Arme aus. Ich wusste nicht, wohin mit den Blättern, ob ich sie kompostieren sollte, ich hatte auch schon mal einen begrünten Verkehrskreisel verwüstet, jetzt warf ich die Blätter zu Boden und Clarice schüttelte in meinem Rücken ihren Kopf. Ich sah die Lilie an und wartete auf ein anderes Gefühl, eins, das nicht alles aufgeben wollte. Da nichts mich erreichte, verliess ich das Zimmer und verliess Clarice im Kleinen, im Miniaturformat.

In der Küche trank Clemens in seinem blauen Trainingsanzug Milch, sah mich von hinter dem Milchbeutel an, ohne was zu sagen. Ich wich aufs Klo aus.

Dort sass ich dann eine Weile und dachte: Wir waren einmal unbefangen. Ob das wirklich stimmte? Ich war mir nicht sicher.

Clarice sass nach wie vor reglos an der Heizung, als ich in meinen Tagebüchern zu blättern begann, ich suchte nach einem Eintrag, in dem ich sie als schillernde und mutige Person beschrieben hatte, die nachts an meinem Daumen saugte. Ich blätterte durch einige Tagebücher, fand die gesuchte Stelle nicht, dafür viele andere Sätze, in denen ich meinen Unmut über unsere Beziehung kundtat.

Was hast du vor?, fragte Clarice. Wieder mal eine Frage.

Interessant, dachte ich und sagte: Ich suche was Schönes von früher.

Ich überlegte, den einen oder anderen Satz vorzulesen. *Clarice brachte Birnen mit und Baumnüsse. Oder: Clarice hat heute Abend sehr lange mein linkes Bein gestreichelt und danach auch noch das rechte, ich bin so glücklich.*

Ich dachte, dass ich leicht verrückt wirken könnte neben Clarice, in meinem Papierrausch, aber nur, weil sie so furchtbar ruhig war und so mein Fuchteln rund um uns viel besser auffiel.

Ich schlug ein älteres Tagebuch auf, in dem es Clarice noch nicht gegeben hatte. Dafür hatte ich Probleme mit meinem Vater. Und statt Clarice stand überall: *Vater! Hilfe! Vater!* Aber das kam mir nun unproblematisch vor, verglichen mit uns zwei Liebenden, die wir verkehrt, mit den Füssen nach oben, in einer Beziehung steckten.

Ich schaffte es nicht, anzuwenden, was ich in zahlreichen Ratgebern gelesen hatte. Zur Liebe gehört die Akzeptanz der Fülle als auch der Leere des Gegenübers und so weiter. Ich schaffte es nicht mal, etwas Wohlwollen zusammenzukratzen, und begann stattdessen ein Gespräch mit dem Satz: Parmesan enthält einen Stoff, der für die Serotoninbildung wesentlich ist.

Ich weiss.

Entschuldigung, dass ich dir immer erzähle, was du schon weisst.

Clarice sagte nicht: Das macht nichts.

Ich sagte nicht: Danke, stimmt. Erzähle ich dir eben sieben Mal von Parmesan.

Hast du mich gehört?, fragte ich nach.

Ja. Musst du auch was essen?, fragte Clarice.

Ich geriet über diese Frage in eine unzumutbare Zerrissenheit.

Nein, sagte ich und: Nie sind wir gleichzeitig hungrig.

Ich fischte aus meinem Rucksack den Parmesan, von dem ich während meiner Schicht schon ein Stück abgeschnitten hatte, reichte ihn ihr. Clarice biss hinein, in diesen riesigen Käse, und zwar so, wie ein Mensch normalerweise in Brot beisst und nicht in Hartkäse.

Der Käse bröselte auf meinen Teppich.

Ich ging zum Fenster und liess kalte Luft herein. Sagte in einer Art vorletzter Verzweiflung und ohne den Inhalt meiner Aussage zu verstehen: Ich liebe dich eben, Clarice Esquivel.

Clarice seufzte.

Nun wollte ich das Fenster noch weiter aufreissen oder etwas hinauswerfen, Clarice, die Topfpflanzen, mich.

Das ist so richtige Mann-Frau-Scheisse, hörte ich mich sagen. Da passierte es wieder; dass aus mir etwas zu reden anfing, das ich nicht so gut kannte, aber alles wusste, bevor ich es selbst verstand. Ich hielt Clarice einen ziemlich langen, fiesen Monolog und dabei wühlte ich in meinen Tagebüchern wie in irgendwelchen Innereien, bis ich sagte: Irgendwann müssten wir damit doch aufhören, mit dieser Mann-Frau-Scheisse.

Wir sind zwei Frauen, wandte Clarice ein.

Egal! Du liest die Bücher nicht, die ich dir leihe! Ich höre die Lieder nicht, die du mir schickst. Du trinkst Bier und ich trinke nicht mal Wasser! Du hast wenig Sozialkompetenzen und ich hab nur Sozialkompetenzen. Du sitzt an der Heizung, weil du immer frierst, und mir ist so heiss, ich schwitze!

Clarice sah mich einfach nur an, so, dass ich es sagen musste, kühl, verzweifelt oder beides: Ich bin ein Monster. Ich bin ein Monster mit dir!

Da rappelte Clarice sich hoch und sagte: Ich gehe heute weg von diesem Monster. Oh, und sie sagte es ganz lustig, ich hätte lachen mögen, als Clarice das Zimmer verliess und ich sie aus allen Häusern, in denen wir in Zukunft zusammen leben würden, hinausspazieren sah. Ich sah sie weglaufen von unseren gemeinsamen Kindern und aus unseren gemeinsamen Wohnzimmern, aus allen Möglichkeiten sah ich sie davongehen, ohne sich nochmal umzudrehen.

Ein paar Minuten hielt ich den Atem an. Ohne Probleme. Dann schnaufte ich zweimal tief aus, es flatterten die Papiere und die Krümel auf dem Teppich in meinem Monsteratem.

In jener Nacht und auch in den darauf folgenden schlief ich kaum. Ich fand keine Ruhe mehr und formulierte lange

Nachrichten an Clarice, die ich nie abschickte. Ich sah ziemlich lange keine Sternschnuppe, ass ziemlich lange kein Salatherz, fand ziemlich lange keine Wimper und hätte auch nicht gewusst, was ich mir hätte wünschen sollen. Was braucht ein Monster? Etwas, das es aus dem Hinterhalt erschrecken kann?

Ich habe die Tendenz in schwierigen Situationen die Herausforderung zu vergrössern, als müsse ich herausfinden, wie weit ich mit mir gehen kann. Mir sukzessive den Boden unter den Sohlen wegzurupfen. So beschloss ich, kurz nachdem Clarice uns verlassen hatte, auszuziehen. Mein Hab und Gut stellte ich in einer Halle unter, dort kriegte es vierkommafünf Quadratmeter und wurde bewohnbar für ein paar Geister, die in meiner Kommode Schach spielen und auf dem Keyboard alle möglichen Melodien ablaufen konnten.

Ich wohnte nicht mehr und sass an einem Sonntag auf einem Senklochdeckel und fror. Clarice war eine Art Fell für mich gewesen. Ein Überzug oder eine Polsterjacke. Mir war warm gewesen in ihrer Nähe. Einen Bären hatte Clarice mich genannt, und jetzt fror der Bär. Ich sass und wusste nicht recht weiter, ein paar Erinnerungen wurden aus den toten Winkeln meines Gehirns gespült. Trauriges Zeug. Wie ich als Kind aufgewacht war und mich ein erstes Mal an meinen eigenen Gedanken verschluckt hatte. Ich begriff, dass es mich gab und fand diese Tatsache beängstigend. Ich lag im Gang und weinte. Mein Vater und meine Mutter müssen mich gehört haben, sie kamen und nahmen mich in ihre vier Arme. Solche Erstbegegnungen mit den Schattenseiten des Lebens kamen mir in den Sinn, sie waren schneller gedacht als verbannt.

Von meinem Senkloch aus beobachtete ich eine alte Frau am Rollator. Ich hörte ihr Gemurmel von weit, als sie auf meiner Höhe war, erklärte sie gerade: Ich habe grüne Augen. Mein Ex hatte grüne Augen. Und auch Franz hatte grüne Augen. Ich zog die Schuhe an mich heran, um nicht von ihren Rollatorrädern überrollt zu werden.

Eine neue Tür geht auf, wenn eine alte zugegangen ist. Sprichwort meiner Mutter. Das beinhaltete, dass die Clarice-Tür erst noch richtig ins Schloss fallen musste, sodass es zitterte und die, die ich mit ihr gewesen war, von mir abriss, schmerzlich, als sei ich ein Abziehbild und würde von meiner Folie gelöst.

Da hing ich also. Formlos in der Luft und fand, dass jetzt der Moment für eine freundliche Rettung gekommen war. Aber es kam keine, es rief keine Agentur an, um zu fragen, ob ich in einer Kapsel ins Weltall und in ein anderes Zeitsystem katapultiert werden wollte. Ich googelte: Freiwillige Weltraumexpedition. Dann: Wie heisst Vertiefung unten am Hals. Dann: Liebeskummer tödlich.

Ich starb nicht. Natürlich starb ich nicht, aber es begann zu regnen, grosszügige Tropfen. Der Mensch stolpere, las ich mal, wegen einer kleinen inneren Leere in die Liebe. Ich stolperte wegen einer mittelgrossen Leere und weil ich gegen Regen nicht gerüstet war an jenem letzten Sonntag des Oktobers in ein Tram. Ich stolperte weiter, aus dem Tram hinaus und in ein Museum. Im letzten Ausstellungsraum fand ich etwas, das meinen Blick gefangen nahm: das sechsminütiges Video eines Fisches, von dem es weltweit kaum Aufnahmen gab. Er schwamm in klarem Türkiswasser, und sein Zustand schien zu wechseln zwischen etwas Lebendigem und etwas Dekorativem. Zwischen einem Tier und einem zierlichen Band, und wie er auch schwamm, er schien sich immer zu entfernen, blieb dabei aber an Ort und Stelle. Und ich? Blieb sitzen, stundenlang vor diesem Fisch, bis irgendwann die Aufsicht mich hinausbat.

SIEBEN HENGSTE

Seit ich Gedanken fassen konnte, wohnte ich hier. Und ich hatte auch davor schon hier gewohnt, war über die Pflastersteine gekarrt worden, meine Mutter hatte mich aus dem Kinderwagen gelupft, um mir den Anblick des Bergpanoramas nicht vorzuenthalten: diese Berge, weit genug entfernt, um keinen Schatten auf uns zu werfen, aber nah genug, dass wir, gingen wir über eine Brücke oder bogen um eine Ecke, vom Anblick ergriffen über Tauben stolperten.

Diesen Bergen wegen wurden Ansichtskarten erfunden. Ihre stille Erhabenheit und wie sie bei Föhn fast direkt an unsere Hauswände zu rücken schienen, unsere Dächer ragten in ihr fernes Schneeweiss hinein.

Mein Bedürfnis, etwas anderes zu sehen als die wenigen Strassen dieser Stadt, hielt sich lange in Grenzen. Einen halbbatzigen Versuch hatte ich mal unternommen, ich war Anfang zwanzig, um halb zwölf mittags überquerte ich die Monbijoubrücke, den Blick stier aufs Bundeshaus gerichtet, die Berge im Rücken. Ich hatte den kleinen Koffer in der Hand und keine erkennbaren Absichten. Aber, dachte ich, geh dir doch nicht selber auf den Leim! Im Koffer drin waren Zahnbürste, Schmuck, Pyjama und frische Wäsche, Milch, Pass, ein Schraubenzieher. Wenn es sich anerbot, winkte ich hier oder dort. Einmal kannte ich wen und führte ein Gespräch, das auf nichts hinauslief. Ein anderes Mal sah ich einen Onkel von mir, der einen Bus fuhr, da hob ich die Hand und er die seine vom Steuer.

Ich schaffte es bis nach Gümligen. Von dort waren es elf Minuten, bis ich mit dem Zug wieder in Bern war.

Bald liess sich in dieser Stadt kein Quadratmeter mehr ausfindig machen, wo ich nicht mindestens schon einmal wen geküsst, betrogen, abgelenkt, ausgenutzt, geliebt, erdrosselt, umworben, verführt, verlassen, verschlungen hatte.

Für neue Begegnungen musste ich in die Agglomeration ausweichen.

Würde es dir was ausmachen, wenn wir uns in Ostermundigen bei der Migros treffen?

Haha, wollen wir zämä ga kömerelen oder wie?

Nö, ich will bloss neue Orte sehen.

Zum Beispiel die Poststrasse? Ja, okay.

Würde es dir was ausmachen, wenn wir uns dieses Mal in Rosshäusern treffen?

Rosshäusern?

Ja, dort entsteht eine moderne Wohnüberbauung mit einzigartigem Weitblick auf Felder, Wiesen und Wälder.

Am Ende dieses Sommers war ich in der Agglo am Daten oder eine tiefsitzende Langeweile am Loswerden. Zu meinem etwas bedenklichen Hobby gehörten tägliche Nachrichten, die mein Ego für sieben Sekunden aufrichteten: Du gefällst Moritz. Du gefällst Bash. Du gefällst Ana. Grosse Kompatibilität mit Chris. Sollte ich nicht schlafen können, sah ich mir nachts die Profile der anderen an: Giuli raste auf Skiern durch den Schnee. Fredi schrieb: Ich mag Pasta und eigentlich alle Frauen. Marlas Sprache der Liebe war: Listening to the rain, ausserdem schlechte Witze und zusammen in frischer Wäsche schlafen. Sie hatte ein Dekolletee voller süsser Tattoos, die sich dort wie die Bestandteile eines Handys nebeneinander tummelten. Ein Karl würde, Zitat, als Erstes nach meiner Meinung zu Käsebrot fragen. Derselbe Karl zeigte sich zusammen mit einem Lama, das seinen Kopf keck durch eine Lücke im Zaun geschoben hatte.

Bei der Ausübung meines Hobbys wollte ich nicht gesichtet werden, auch nicht von der Logopädin meiner Schule, die in besagten Rosshäusern offenbar Eier und Äpfel zu besorgen hatte und ihre Einkäufe abstellte, um mein Date zu beäugen. Wahrscheinlich fand ich die Idee eines Gregs darum so formidabel; ohne sich je getroffen zu haben, im Oberland wandern zu gehen.

Greg behauptete in seinem Profil, die Natur sehr zu schätzen und alle Schweizer Nadelbäume zu kennen.

Wie wärs mit den Sieben Hengsten?, schrieb er.

Auf den Bildern, die Google mir zeigte, sahen diese Hengste beängstigend und beeindruckend aus.

Greg schrieb: *Ich packe ein: Gurke und Schokolade.*

Ich unterdessen klopfte an allen Wohnungstüren meines Blocks und fragte nach Wanderschuhen.

Gut. Dann bringe ich Brot und Käse. Gehen auch Sandalen für diese Route?, antwortete ich.

Es ist kein Weg für Pensionierte.

Ich war nicht pensioniert, nein, das nicht, aber meine Ausflüge in die Berge beschränkten sich bisher einzig auf ein Abwandern ihrer Silhouetten aus sicherer Ferne. Nun hatte ich zwei verschiedene Schuhe, die in Frage kamen, ich testete sie im Treppenhaus.

Es war nicht meine erste Wanderung, aber wahrscheinlich meine dritte. Ich hatte nicht bedacht, dass es für mich als Unerfahrene anstrengend werden würde. Nebst Greg wollte ich auch noch die Flora jenes Orts kennenlernen, mich über jedes dritte Gras beugen. Greg wartete grinsend, trippelte an Ort und Stelle, um nicht aus seinem Rhythmus zu geraten.

Er war am Bahnhof Thun auf mich zugelaufen und ich meinte, es schon an seinem Laufstil zu erkennen: Ich würde mich nicht verlieben. In orangen Schuhen und einer knalligen Bergausrüstung federte er auf mich zu. Im Bus installierte er einen Schlauch, aus dem er immerzu Flüssigkeit beziehen konnte. Wenn er auf mich wartete, so tat er das trippelnd und saugend.

Wir waren noch nicht lange unterwegs, als uns ein paar Männer entgegenkamen, sie hätten unsere Grossväter sein können. Sie sahen uns von Weitem und ich dachte, sie sehen uns als Paar. Ich wollte dies verhindern und ging etwas schneller. Nun sahen sie uns als Paar im Streit.

Das ist Greg, wollte ich sagen, ich kenne ihn seit einer Stunde und siebzehn Minuten. In seinem Datingprofil stand, seine Sprache der Liebe sei: mit gutem Essen im Gepäck Berge und Meere bezwingen.

Wohin wir noch gehen würden, fragten sie uns.

Ins Eriz.

Über die Hengste? Saperlott!

Ist noch ein Bitz. Aber gell – Greg hob seine weissen Leki-Wanderstöcke. Die Blicke der Alten fielen auf meinen krummen Stock, den ich eben erst unter einem Baum aufgelesen hatte.

Da seid ihr nicht die frühsten Vögel, sagten sie.

Das Wort Vögel hing noch ein bisschen rum. Vögel. Ja, was ist mit den Vögeln hier in den Büschen. Hörst du was pfeifen, hörst du, kennst du diese Pfifferlinge? Wusstest du, dass die Borkenkäfer früher Buchdrucker genannt wurden. Auch wenn das nicht die grosse Liebe werden würde, so konnte ich doch lernen, Kiefern von Lärchen zu unterscheiden.

Du hast einen Zug drauf, sagte ich.

Bin ich dir zu schnell? Ich bin in guter Kondition, meinte Greg, die Arbeit am Hang und dann bin ich ja eben auch auf über tausend Meter über Meer aufgewachsen.

Er wartete auf meine Frage.

Wo?

In der Lenzerheide.

Ach so, da kenn ich mich nicht gut aus.

So scheints!

Er lachte, saugte einmal am Schlauch.

Dafür kennst du dich gut aus mit Erziehung.

Besser als mit Schweizer Geografie.

Sehr viel mehr sogar, ich habe dich ja gegoogelt.

Greg schien sich gern an sich selbst zu verraten. Etwas zu sagen, das weit über die übliche Nähe hinausgelehnt war.

Die erste Anhöhe erreicht, musste ich durchatmen und Greg holte aus dem Aussennetz seines Rucksacks eine gequetschte Rolle WC-Papier.

So, ich gehe mal Caca, sagte er.

Als er zwischen den Bäumen verschwunden war, rastete ich scherzhaft aus, schnaubte, tobte, lachte, sperrte die Augen auf und wankte hin und her wie besessen, lachte ohne Geräusch und rief ohne Laute: Greg! Gut, dass du mir das sagst!

So verklemmt war ich schon, dass nun, als ich ihn in Gedanken unter einer Tanne scheissen gesehen hatte, das Wenige, was an elektrischer Spannung hätte vorhanden sein können, jaulend einbrach. Ein paar Wochen später würde ein übermütiger Betrunkener mich fragen, was auf ersten Dates verboten gehörte. Ich würde zuerst an unkonsensuelles Verhalten denken, dann aber sagen: verbale Ankündigung von Körperausscheidungen.

Eine Kuh gibt von sich aus bis zu achtzehn Liter Milch pro Tag, sagte Greg, als wir ein paar Tiere antrafen. Diese hochgezüchteten Holsteiner aber müssen täglich sechzig Liter loswerden.

Ich bückte mich, um ihre Euter zu sehen.

Die Euter sind so gross, sie schränken die Kühe ein, die Gelenke sind überbelastet, und so können sie nicht mehr normal laufen. Es kommt zu Klauenerkrankungen.

Greg schockierte mich ein bisschen mit Fakten zu unserer abstrusen Land- und Forstwirtschaft. Ausserhalb unseres Gesprächs wäre ich ganz seiner Meinung gewesen, jetzt aber hörte ich kritisch zu, wie es um die Zukunft der Kühe und unserer Erde stand.

Greg schob den Grashalm in seinem Mund in den anderen Mundwinkel.

Er blickte mich herausfordernd an, dann stahl sich dort, wo der Grashalm sich nicht befand, ein Lächeln hin.

Ich wollte Greg nicht gefallen und geriet in einen Widerstreit mit mir selbst. Was war ich? Ein Bündel aus verwirrenden Gesten, ich sprang von Busch zu Busch und unabsichtlich zwinkerte ich ihm zu. Sein Blick hatte bald was Streichelndes. Ich dachte, zu spät, zu spät, um ihm nicht mehr zu gefallen. Zu spät auch, ihm aufzutischen, dass ich seit einigen Monaten nur noch an Frauen interessiert wäre, zu spät, um zwischen speziell für ihn Ausgedachtem und meinen Empfindungen noch eine für mich und ihn begreifbare Haltung zu finden.

Nach drei Stunden waren meine Beine ein paar Kilo schwerer.

Zieh am besten kurz die Schuhe aus, schlug Greg vor.

Er will meine Füsse sehen, dachte ich, und Greg ergänzte: Das ist ein Trick, den hab ich von meinem Grossvater.

Wir breiteten den Inhalt unserer Rucksäcke aus.

Mit den versprochenen Gurken aus Gregs Garten hätten wir uns problemlos erschlagen können. Greg hatte sie selten gegossen, so wurzeln sie tiefer, waren dafür aber auch entsprechend bitter. Wir teilten mein bröseliges Brot, ich wollte, dass dies nichts bedeutete.

Es ist sehr schön mit dir, sagte Greg. Ich fragte mich, woran er das festmachte.

Schön, ja, und lecker auch, diese Schokoladendinger.

Ich hatte es ihm schon im Bus gesagt, mein Blick scheint stets etwas neugieriger als ich. Und mein Körper wirkt hier am Berg notwendigerweise engagiert. In meiner Familie, weisst du, spazieren wir nur auf Pensioniertenwegen.

Auf dem Rücken der sieben Hengste schnappte Greg schliesslich in einer Geste von *Du hast es geschafft* meine Hand. Ich streichelte über seinen Daumen, in meinem Kopf platzte empört eine Synapse, und einen Moment lang gingen wir so, er zog mich im gelenkigen Griff hinter sich her.

Gar nicht zu empfehlen: Dates an Sonntagen. Greg begann zu erzählen von einem Date, das bei McDonalds geendet habe, da Heisshunger. Ich hab einfach Pommes bestellt, sagte er, ich zog meine Hand wieder aus seiner.

Und während Greg reflektierte, welche Abgründe sich bei ersten Dates auftun konnten, fiel mir auf, dass ich selten einen so schönen Weltausschnitt gesehen hatte: Kalkgestein, darin glasklare, den Himmel spiegelnde Seelein. Helle, im Wind sich wiegende Gräser. Und dahinter die Berge, zum In-Ohnmacht-Fallen.

Greg war bei Filmtipps für Folgedates angelangt, als ich fragte: Wollen wir kurz bisschen schweigen?

Ich hatte es in der Wir-Form gesagt, ich war so freundlich. Mama, dachte ich, guck mal, wie lachhaft. Am liebsten würde ich mein Gesicht nur für mich halten, stattdessen mach ich darauf wie in einem Schaufenster kleine, höfliche Lichtspiele. Ich entdeckte einen Käfer, blaugrün, noch einen und Spuren, vielleicht von Gämsen oder Schafen, da legte Greg auch schon wieder los:

Was denkst du gerade?

An Beutetiere, antwortete ich.

Ich hatte Blasen an den Zehen und kriegte bald die universelle Perspektive nicht mehr hin, die es mir bis dahin ermöglicht hatte, über die Situation zu lachen.

Es wurde mir leicht tragisch beim Abstieg und bei sinkender Sonne, weil das Licht so unglaubhaft satt und gelb war und Greg es nochmals mit meiner Hand aufnehmen wollte.

In einer Verschnaufpause, auf einer Bank vor einem Gehütt, begann das Licht zu schwinden. Es zog sich an den Gipfeln entlang zurück.

Geh nicht, dachte ich.

Gregs Hand umfasste meine, sanft. Alles eine Ermessenssache, dachte ich, sah seine Hand an, das Geflecht aus Muskeln und Sehnen und Knochen. War mir das nicht vertraut?

Die Landschaft, ja, dieser Spickel Restlicht wars wohl, der mich auf einmal tief ausatmen liess, und im Nachhinein verwunderte mich, dass ich beim Küssen mitgeholfen hatte, beziehungsweise, dass es mir in den Sinn gekommen war, überhaupt damit anzufangen.

Hast du Greg getroffen?, würde meine App mich ein paar Tage später fragen. Ich wollte es nicht zugeben. Kam noch so weit, dass sie fragten: Und, wie wars? Auf einer Skala von eins bis zehn. Habt ihr geküsst? Gebondet? Geheiratet?

Diese Geschichte fliesst aus dem Mund, ohne nochmal eine unsichere Runde zu drehen. Sie ist eine mit lockeren Strichen gekritzelte Anekdote. Dann er so, dann sie so, dann der Berg so. Dann der Berg so, dann sie so, dann er so. Dann der Bus: Der kam nicht, weil wir ihn verpasst hatten. Der letzte war gefahren, vor genau siebzehn Minuten.

Wir müssen in ein Hotel, dachte ich, wir müssen Notübernachten im Gasthaus Schneehas.

Irgendwer wird uns schon aufgabeln, meinte Greg.

Irgendwer müsste was anderes vorhaben als um sieben Uhr über den Braten herzufallen, irgendwer müsste danach die Füsse nicht hochlagern wollen.

Wie weit ist es von hier nach Thun?, fragte ich.

Greg guckte nach.

Gute fünfzehn Kilometer.

Schwindelst du?, fragte ich.

Ein bisschen, antwortete er.

So gut kannten wir uns schon, ich schielte auf sein Handy: Siebzehn Komma acht.

Greg war nach wie vor guter Laune, fragte lieb, wie es um mich stehe, ob ich einen Schluck aus seinem Trinkschlauch wolle. Ich zog gespielt gierig an der Vorrichtung. Er sollte nicht merken, dass diese Ausweglosigkeit mit ihm das letzte war, das ich mir gewünscht hatte. Bald würde ich zu frieren beginnen, bald würde ich auch die zerknautschte WC Papier Rolle in Anspruch nehmen müssen.

Ein relativ grosses Aufkommen von Hoffnung meinerseits, als wir links am Strassenrand eine Maschine sahen, ich meine ein Auto, und daneben, aufgereiht wie in einer Schachtel; eine klassische Familie. Wie sehr das täuschen kann, wusste ich inzwischen, vielleicht kannte sich die Familie auch erst seit heute Vormittag. Dafür sahen sie sich allerdings zu ähnlich. Sie waren sich aus dem Gesicht geschnitten. Eine hatte von der anderen die Augen und die wiederum von der einen das Haar, so schienen sie alle wild gemischte Kopien des jeweils selben Grundstocks.

Ich fühlte auch auf Gregs Gesicht ein Lächeln, lieb wie von Schafen, wir waren zwei verlorene.

Entschuldigen Sie, fahren Sie per Zufall nach Thun?

Ja.

Ja?

Oh wow.

Es ist so, wir sind da von Habkern losgelaufen, heute kurz nach elf, sind über die ganzen Sieben Hengste gewandert, wickelte Greg den Tag nochmals auf, angefangen bei der Endstelle des –

Nehmen Sie uns mit?, unterbrach ich ihn.

Wir haben Corona, sagte das Älteste der kopierten Gesichter.

Oje, sagte Greg.

Scheisse.

Ich putzte mir die Enttäuschung nicht vom Gesicht.

In den Stunden, in denen Greg und ich unsere Füsse entlang der Talstrasse schoben, wurde mir auf ungemütliche Weise bewusst: Die denkbare grösste Kluft gab es zwischen dem, was passierte, und dem was nicht passierte, dabei schmiegte sich aber das Ungeschehene trotz Kluft seltsam innig ans Geschehene ran.

Greg pfiff, das geschah auf jeden Fall, und irgendwann, dunkel war es inzwischen, und rein und klar diese Dunkelheit, sagte Greg: Beim nächsten Mal steigen wir aufs Wildhorn.

Menschen unterscheiden sich darin, ob sie Mandeln mögen oder darauf allergisch sind. Ob sie diese Erfahrung gemacht haben oder jene. All die Herzen, die ich durch die Haut an meine Brust gepresst hatte aber, schlagen ähnlich. In einem Takt von fünfzig bis hundert Mal die Minute wird das Blut schubweise durch die dafür vorgesehenen Bahnen gepumpt. Am Ende dieses Sommers brachte ich alle Dates durcheinander, Namen, Eigenschaften, Herzen. Es wurde ein einziges unübersichtliches Konglomerat von Begegnungen. Nur Greg blieb in diesem Erinnerungshaufen klar, schälte sich heraus, aus der Dunkelheit. Sein Pfeifen durchschnitt trotzig die Nacht.

EIN GLANZ, WIE IHN ANTILOPEN HABEN

Die Tochter des Zehnders war dazu übergegangen, Liebhaber:innen anzuhäufen, so wie andere Kleidungsstücke. Verhältnisse zu beginnen. Vielleicht, um am Ende in jeder Strasse dieser Stadt eine Tür zu haben, wo sie ohne zu klingeln eintreten konnte. Von einigen Häusern kannte sie die Schlüsselverstecke, wandelte durch dunkelrot gestrichene Treppenhäuser.

Legte sich neben Halbbekannte.

Die schraken hoch.

He, rief einmal ein junger, bartloser Mann.

Ja?, fragte sie, bettete sich neben ihn. Gute Nacht, sagte die Tochter des Zehnders.

Und dann konnte es darauf hinauslaufen, dass der junge Bartlose unter einer dünnen Decke zu liegen kam und sie unter schweren, satten Entendaunen in ihrem traumlosen Schlaf verschwand.

Sie wurde begehrt und verwechselt mit etwas, das Menschen sich sehnlichst wünschen. In ihre Pupillen guckten die Menschen wie in ein schwarzes Loch. Gerade gestern hatte sie eine namens Ilsebill geküsst, fein wie mit Zahnseide an geschwollenem Zahnfleisch entlang. Ilsebill hatte noch beim Küssen einen Schluckauf gekriegt.

Ein kalter Abend war es, die Strasse leergefegt und interesselos. Vom Schluckauf rannen über Ilsebills Gesicht die Tränen.

Die Tochter des Zehnders schob sie von sich, um sich diese Flüssigkeit anzusehen, die vorwiegend aus Ilsebills linkem Auge gelaufen kam.

NaCl, sagte sie, könnte dies ein Hinweis auf eine unzureichende Sauerstoffversorgung sein?

Ilsebill schaffte es nicht, zwischen zwei Hicksern zu sprechen, und so schüttelte sie bloss den Kopf.

Willst du weiterküssen?, fragte die Tochter des Zehnders, oder ist es das gewesen?

Ohne eine Antwort abzuwarten, beugte sich die Tochter des Zehnders selbstgewiss in Richtung Ilsebills Mund. Als Nächstes fühlte sie einen Schmerz. Ilsebill hatte zugebissen, einmal fest in ihre Unterlippe. Als habe sie sich ein Stück abbeissen wollen.

Die Tochter des Zehnders sah sie forteilen. Ilsebill mit ihrem altmodischen Namen, da lief sie, schnell und mit beharrlichen Schritten, die forderten, dass man die Strasse für sie freihielt, dabei war da nicht ein einziges Auto oder Velo, das hätte weichen können.

Die Tochter des Zehnders befühlte ihre Lippe. Kein Blut, aber ein Pochen in Form eines Halbkreises.

Es stimmte nicht, was ein unbrauchbarer Liebhaber mal gesagt hatte, dass sie, die Tochter des Zehnders gefühlskalt sei. Durch ihre Adern floss normales, rotes, körpertemperiertes Blut. Und ein Gefühl war auch da, sie fühlte einen kleinen, glatten Ekel, als sie Ilsebill nachblickte. Sie bemerkte den Ekel, und da kippte er schon in Belustigung.

Die Tochter des Zehnders griff nach ihrer Tasche, daneben stand Ilsebills weisses Velo, sie hatte es hier geparkt, und in der Dramatik ihres Abgangs vergessen. Einen Schuh, nicht viel mehr, stellte die Tochter an eins der Räder, da kippte das Ding von selbst um. Das Scheppern klang wie ein kurzes Gelächter.

Ilsebill kannte achtzehn Prozent aller Stadteinwohner:innen, und gab es nicht eine Art Hochrechnung, dass, wer sieben Menschen kennt, eigentlich die ganze Welt, all ihre Bewohner:innen auf dem Schirm hatte? Sie wusste auf jeden Fall, wer alles in der Stadt die Decke für die Tochter des Zehnders lüftete. In welchen Mündern die Tochter des Zehnders ihren Speichel schon verteilt hatte. Sie wusste auch, würden sich alle Liebhaber:innen der Tochter der Zehnders in eine Reihe stellen, könnte ein Pferd eine grosszügige Minute da entlanggaloppieren.

Ilsebill teilte ihr Bett mit einem Typen namens Edgar, um nachts keine kalten Füsse zu haben. Sein Blutkreislauf interessierte sie nicht. Es genügte, dass er da war, immer zur selben Zeit von denselben unspektakulären Schauplätzen zurückkehrte.

Lieber Edgar, ich bin besessen von der Tochter des Zehnders, ich kaue auf ihrem Namen wie auf süssem Fleisch. Nach dem Biss war sie bereit gewesen, Edgar ihre Besessenheit zu gestehen, aber Edgar las gerade in einem Buch: Gedichte aus dem 20. Jahrhundert und aus aller Welt.

Seit wann liest du Gedichte?, fragte Ilsebill.

Seit heute.

Und?

Und gefällt mir, sagte Edgar.

Sie setzte sich neben ihn.

Gebückt werfe ich abends meine Netze aus. Nach deinen aufhorchenden Händen.

Sie starrte ihn an. Edgar.

Eigentlich hätte dies der Anfang ihrer Beichte sein können, er aber nahm es als ernste Verwunderung über sein neues Hobby.

Las ihr noch eins der Naturgedichte vor. Dann legte er sich schlafen, röchelte beim Wegdämmern, es wurde ruhig, ganz ruhig, wie auf einem unbewegten Meer.

Mit Edgar gab es einen, der sich verantwortlich fühlte für ihre Anwesenheit auf diesem Planeten.

Die Tochter des Zehnders hatte ihren Vater eingeladen, um mit ihr in den Nachthimmel zu sehen, aber sie waren nicht allein, rund zwanzig Leute standen in einer Schlange hinter dem Teleskop.

Als Erstes werden wir uns den Saturn anschauen. Mit seinen Ringen.

Der Astronom hielt eine behütende Hand auf dem Rohr, das in die Nacht wies. Wie klein das Bild sein würde, unterschlug er. Der Saturn war durch das Okular nicht viel grösser als ein ins Licht gehaltenes, verehrtes Sandkorn. Den Ring konnte man sich als Nebel rund um das Korn denken.

Der Vater Zehnder liess, während sein Auge ins Teleskop guckte, die Arme unbeholfen neben sich baumeln. Seine Tochter sah dies und gab dem Rucksack vor sich einen Schubs. Die, an der der Rucksack hing, drehte sich empört um, woraufhin die Tochter die Augen himmelwärts verdrehte, als sagte sie: Konzentrier dich einfach auf das Gestirn, du Astrogurke.

Er war pummelig und wehrlos, ihr Vater.

Gar nicht standhaft, als triebe er auf dem Leben wie auf einer schamhaften Brühe mal in die eine, mal in die andere Richtung. Er hatte ein Akkordeon, das er manchmal auf seine Knie legte und mit sich schnaufen liess. Tief einatmen und rasselnd aus. Sie konnte mit ihrem Vater keine Filme ansehen. Nicht in Museen gehen, sich in keiner anderen Stube als der seinen aufhalten, so sehr störte sie der schwere Vateratem.

Dabei war seine Liebe für sie rund geblieben und relativ vollkommen. Er war stolz auf sie, ohne sie besonders gut zu kennen. Es erleichterte ihn, dass sie bei ihm klingelte, dass sie so selbstverständlich in seinen Kühlschrank blickte, dass sie von dem italienischen Schafskäse ass, seine Finken trug.

Am Abend, nachdem Ilsebill sie gebissen hatte, ging sie zu ihm und fotografierte ihn für Parship. Er hatte sich in den Sessel gesetzt. Sie hatte die Kamera genommen, eine Lampe angezündet. Ihm gesagt: Bisschen den Rücken strecken, Vati.

Er hatte in die Kamera geguckt.

Daran denken, dass du –, hatte sie einen Satz begonnen und nicht zu enden gewusst.

Vielleicht auf dem Balkon, hatte sie vorgeschlagen.

Eine Hand auf dem Geländer abgelegt, tarnte er seine Verlegenheit.

Vielleicht mit Hut?, fragte er.

Aber was er auch umband, wie er sich auch hinstellte, es wirkte, als habe er die Idee von sich als einem, der mir nichts, dir nichts einen Hut aufsetzt, schon lange aufgegeben. Sie dachte, vielleicht muss wer anderes die Fotos machen, sie konnte nicht anders als direkt ins Innere seiner Traurigkeit zu fotografieren.

Schon einmal waren ihre Einsamkeiten lapidar gewesen. Wohl war sie, die Tochter, gerade dabei gewesen, erwachsen zu werden, als ihre Mutter auf das Geländer einer Brücke geklettert war, die Hosensäume hochgekrempelt, das rote Haargummi ums Handgelenk, um einen Fuss in die Luft zu setzen.

Seither war an der Welt das meiste nicht zum Sich-Dranlehnen gewesen, die Luft wich glatt zur Seite, die Mutter fiel sechsundfünfzig Meter tief.

Aber darüber schwiegen sie. Sie schwiegen über das meiste.

Kommts gut?, fragte der Vater.

Sie nickte.

Höre gerne gute Musik, schrieb der Vater in seinem Profil. Und: Sehe gerne gute Filme. Sie riet ihm, nicht zu erwähnen, dass er eine Tochter habe. Das würde einschüchternd wirken. Er beobachtete sie, war unsicher.

Warum?, fragte er.

Spielt für eine neue Frau keine Rolle.

Eben, sagte er.

Ich bin erwachsen, suchte sie ein anderes Argument.

Ja, sagte er, tat den Kühlschrank auf und trank einen Milchbeutel leer. Du bist erwachsen.

Aufgebracht hatte ihn ausserdem, dass sie von einer neuen Frau sprach, als sei da bereits eine. Als müsse er nur noch um die nächste Online-Ecke biegen.

Und tatsächlich: Bald schrieb er mit einer Martha hin und her.

Als Martha und der Vater Zehnder sich trafen, er die Hutkrempe mit einer schwitzenden Hand umklammerte, sass seine Tochter gelangweilt auf einem Barhocker.

Sind Sie auch vom Speeddating?, fragte sie ein junger Mensch mit Klemmbrett. Sie hatte sich die anderen Rumlungernden schon angesehen und sagte: Nä.

Also ja? Wir sind froh, dann geht es nämlich auf.

Das hatte sie nun von ihrer unentschiedenen Artikulation: zwölf Männer an zwölf Tischen. Und die anderen, genannt Frauen, bewegten sich von Tisch zu Tisch.

So treffen immer nur Frauen auf Männer?, fragte sie den Menschen mit dem Klemmbrett.

Das Regenbogendating findet im Januar statt.

Also Männer. Also die an Tischen sitzenden, nervösen Männer, die nicht erst seit heute Morgen auf der Suche nach einer Partnerin waren.

Und Sie machen nicht mit?, fragte sie den Klemmbrettmenschen.

Ich bewohne mit Idris eine Zweieinhalbzimmerwohnung, antwortete dieser, wir sind glücklich.

Tisch elf war rund, ein Typ sass daran, der ziemlich schnell zugab, ein Tiny House zu besitzen.

Und dort lebst du jetzt?, fragte sie.

Er nickte und fragte, was er sich schon Tage vorher notiert hatte: Was ist das Wichtigste für dich?

Von allen Dingen?, fragte sie. Es fiel ihr ein Film ein, den sie letzthin im Kino gesehen hatte, danach hatte sie wieder Zuneigung für die Welt empfunden.

Sie sagte: Kino.

Ohne Kino könntest du nicht leben?, fragte er und fuhr gleich fort: Bei mir ist es die Familie. Ich habe eine jüngere Schwester, Tina Mia, manchmal nach dem Essen spielen wir Gesellschaftsspiele. Labyrinth zum Beispiel. Welche Spiele spielst du?

Sie spürte, wie ihr ein Lachen hochkroch.
Lieb ihn, befahl sie sich.
Ich jasse gerne, sagte sie dann, zarter als beabsichtigt.

Der Nächste sagte auch was von Familie. Dass er eine wolle, wenn nicht heute, dann morgen.

Er war noch nicht lange in der Stadt, machte psychedelische Rockmusik. Hatte flache Haare, die ihm lieb zu sein schienen und die er vielleicht darum nicht bürstete.

Hast du Terminator gesehen?, fragte er.

Sie schüttelte den Kopf.

Dann hast du die Hälfte deines Lebens noch vor dir, sagte er.

Er zog einen Mundwinkel nach oben. Sie imitierte das. Nun zog er auch noch den zweiten Mundwinkel nach oben, sie liess ihren wieder runter. Dieses Mal musste der mit dem Klemmbrett sich verrechnet haben. Vier Minuten mussten längst vorbei sein.

Lieblingsspiel?, fragte sie.

Jassen, sagte er.

Kenn ich nicht, sagte sie.

Und?

Was?

Heiraten?, fragte er.

Jetzt setzte sie sich vor einen ganz ohne Brusthaar. Unter seinem weissen, beinahe durchsichtigen Hemd vermutete sie einen vor Aufregung purpurrot gefleckten

Körper. Auf seinem Blatt standen mehrere Namen, dahinter jeweils ein zusätzliches Merkmal.

Daniela Platz zum Beispiel. Mit winziger Schrift wie der ihres Vaters. *Ines Wasser*.

Ines trinkt überdurchschnittlich viel Wasser?, fragte die Tochter.

Nein.

Er war so nervös, dass er nur einzelne Wörter hergeben konnte. Sie legte den Kopf in eine Hand und schlief ihm gegenüber ein. Lass uns ein bisschen ausruhen, dachte sie. Während er sagte: Gärtner. Unterhalt. Wandern. Landmaschinen. Du?

Ihr Vater sass unterdessen mit Martha im Affenhaus. Was sie dort taten? Wahrscheinlich etwas trinken. Wahrscheinlich sich je einmal verschlucken und eine Attraktivität ausstrahlen, von der sie nicht wussten, dass sie die noch übrig hatten. Martha erzählte von ihrer Arbeit im Spital. Wie sie letzthin einen Schwerverbrecher auf der Intensivstation gepflegt hatte. Einen Kindsmörder, sie brachte ihm in einem Becherchen Wasser und vier verschiedene Tabletten, die ihm die Schmerzen nehmen und ihn schlafen lassen würden.

Obschon er ein Mörder ist, fütterten wir ihn durch wie ein kleines, aus dem Nest gefallenes Vögelchen.

Wurde er wieder gesund?, fragte der Zehnder.

Wollen wirs hoffen?, fragte Martha und dann lachte sie ein bebendes Lachen.

Sie hatte so eine Art, das Glas zu greifen, als sei sie nie im Leben aufzuhalten, der Vater Zehnder konnte nicht umhin, zu wünschen, dass sie genau auf diese Weise nach seinem Arm greifen und ihn über die Tassen und den Tisch weg an sich ziehen wollte.

Seine Tochter war vor Mann eins, Tisch eins mit offenen Augen eingeschlafen, als sie aufwachte, war das Dating vorbei, sie strich sich eine Strähne aus der Stirn, streckte den Rücken, verabschiedete sich nicht, trat in ihrem grauen Mantel in die Welt wie in etwas immer schon Dagewesenes.

Eine folgte der Tochter des Zehnders mit dem Blick von der anderen Strassenseite, ohne, dass die es merkte. Ein Blick, der sie aufrechtgehalten hätte, wäre sie nicht von allein kerzengerade gestanden. Der Blick liess sie nicht los, auch nicht, als sie in den Bus gestiegen war, auch nicht, als sie nur noch durch die von Tropfen überzogenen Scheiben zu erahnen war. Der Blick gehörte Ilsebill, die in Filmen die Szenen mochte, in denen zwei Liebende sich durch eine Scheibe nachblickten.

Die Tochter war nicht die Erste, die von Ilsebill in den Blick genommen wurde, von fern beobachtet mit einem brüsken Begehren. Ilsebill hatte schon Spionage betrieben, da war sie noch ein Kind. Und hatte jede Bluse, die an der Leine des Balkons der Nachbarin hing, registriert.

Winzige Löcher hatte sie in die Wand gebohrt, um jedes Wort der Nachbarin zu protokollieren, war stets etwas auf der Spur, sei es auch nur einem Fuss der Nachbarin, den sie durch das Wandloch zucken sah.

Die Besessenheit war nervig, gewiss. Manchmal schon hatte sie eine andere Sucht ausprobiert, zum Beispiel Zigaretten. Sie hatte auch die Hoffnung gehabt, dass die Besessenheit nachlassen würde, wenn sie selbst zur Liebhaberin der Tochter des Zehnders wurde – aber seit dem Kuss war es nur schlimmer geworden. Ilsebill sah die Tochter durch ihren Feldstecher und das Herz raste ihr. Sie rief unter falschem Namen an. Nur um zu hören, wie die Tochter ranging. Bestellte 20 Kilogramm Lachs und Reis von happydog an eine nicht existierende Adresse.

Als Martha vom Affenhaus zu Fuss heimwärts ging, hatte sie ein paar Ahnungen betreffend der Zukunft. Sie wechselte die Strassenseite, nahm einen Umweg. Dachte daran, dass der Zehnder eine Tochter hatte. Fragte sich, ob es eines Tages dazu kommen würde, dass diese Tochter sie anrief und fragte: Martha, weisst du, ob ich Dafalgan und Novalgin gleichzeitig schlucken kann?

Erst bei sich zu Hause kam etwas Schwerfälliges über sie. Eine Müdigkeit, als bedeutete es eine Anstrengung, sich auf eine Geschichte einzulassen, die gut ausgehen würde.

Der Vater Zehnder war ohne Schale. Er war gütig, sie wusste es, als er am Geländer vor dem Flamingobecken gestanden hatte in einem aus einem anderen Jahrhundert stammendem Versuch von Eleganz.

Sie löschte ihr Profil auf Parship. Zehnder würde da sein, sie wusste es, ein Pudding vor ihrer Tür, ein Pudding, der im Arm Blumen hielt und den sie einmal umkreiste, um ihn dann durch die Tür zu ziehen und ihn in ihren Armen zerlaufen zu lassen.

Die romantischen Gespanne, das wusste die Tochter des Zehnders längst, waren ein Grund für die Aufrechterhaltung unguter Systeme. Der ganze Unterhaltungszirkus berief sich darauf und hielt das Kapitalsystem intakt. Wenn sie meinten, sie liebten, begannen die Menschen zu spinnen. Warfen alles kreuz und quer hin, im Notfall sprangen sie aus Fenstern, brachen Knochen, nahmen Herzinfarkte in Kauf oder wurden grenzenlos unselbstständig.

Dass ihr Vater sich nach dem Treffen mit Martha zeitig aufzulösen begann, behagte der Tochter nicht. Er trieb in seiner Wohnung und zwischen den Sofakissen, die auf einmal alle rot waren. Ein Gummibär im Wasserglas, der gerade damit begonnen hatte, seine Konturen zu verlieren.

Martha, als sie jung war, hat in einer Gärtnerei gearbeitet, hat pikiert. Tulpen pikiert, kannst du dir das vorstellen?, fragte der Vater Zehnder.

Durchaus, sagte die Tochter.

Sie hat dann gemerkt, dass sie nur darum am Pikieren war, weil sie Blumen schön fand.

Und?

Sie vergass, dass sie eigentlich Dinge mochte, die reden. Darum, sagte er und zog die Augenbrauen in einer unsinnigen Hingezogenheit nach oben, darum hat sie dann mit fünfunddreissig noch die Ausbildung zur Pflegefachkraft gemacht.

So, so.

Freust du dich nicht für deinen Alten?

Das war ein sonderbarer Vatersatz. Der war ein Stück zu weit hinausgelehnt, schien ihr.

Sie kriegte sehr schlechte Laune, während er pfiff und einige Scheiben Brot schnitt.

Wie gehts und stehts bei dir so?, fragte er, drückte Senf aus der Tube spiralförmig auf seine Scheibe.

Sie hatte Lust, das Glas, das sie gerade in der Hand hielt, auf den Teller fallen zu lassen.

In den kommenden Wochen war der Himmel grau und wie versiegelt. Keine Sonne, von der jemand gewusst hätte. Der Vater Zehnder traf sich mit Martha nicht mehr nur im Zoo, sie sammelten nun auch Brennnesseln im oberen Aargau, weil Martha seit zwanzig Jahren vorhatte, eine Nesselsuppe zu kochen.

Bei ihr zu Hause, sagte der Zehnder zu seiner Tochter, ist alles farblich in Harmonie aufeinander abgestimmt. Die Bücher, die Tassen, die Zahnbürste zur Zahnpasta.

In den Wochen, in denen er schwärmte, geriet die Tochter des Zehnders in eine ungewöhnliche Schieflage.

Bemerkbar wurde diese Lage insbesondere an einem Dienstag im Januar um neun Uhr vierunddreissig. Sie war gerade dabei gewesen, in den Bus zu steigen, als ihr linker Schuh sich von ihrem Fuss stülpte, die Tür hinter ihr zuschwang, der Schuh draussen zurückblieb. Die Tochter des Zehnders drückte energisch auf den Knopf, aber der Bus setzte seine Fahrt fort.

In der Luft hing ihr loser Fuss, ein paar Zentimeter über dem Busboden. Niemandem war das entgangen, ihre lachhafte, eierschalenfarbige Socke.

Sie stieg rasch aus, beim Rathaus.

Und ein Kind fand Gefallen an ihrem Flamingoschritt, es rief: He Papa, schau mal, die hat nur einen Schuh an!

Ein anderer Mensch an ihrer Stelle hätte gelacht, in den Schuh hineingefasst und den Schneematsch rausgeklaubt. Sie spürte eine unbequeme Einsamkeit beim In-den-Schuh-Steigen.

Einmal hatte ein Liebhaber zu ihr gesagt: Gibt es Dinge, über die du niemals sprichst? Trotz eines innerlichen Lachanfalls sagte sie ernst: über Gänsereiher. Es war derselbe Liebhaber, der ihr später weismachen wollte, sie wäre gefühlskalt und ihre Verführungsmanöver wären nichts anderes als ein an einer Schablone gezogener, langweiliger Bleistiftstrich.

Sie schubste ihn in ein Bächlein.

Nach dem Zwischenfall mit dem Schuh musste sie sofort wen kennenlernen. Mit Uli schütteten sie Schnaps in zwei Gaumen, dass es zischte. Uli sagte fast nichts, sah sie an, als sei sie ein Alien, das am selben Tisch sass. Er streckte einen Rüssel nach dem Alien aus.

Musik schwoll durch den Raum.

Ist das nicht die Filmmusik von Titanic?, fragte die Tochter des Zehnders.

Nein, von Terminator.

Gehen wir zu dir, Uli?, fragte sie.

In Ulis Apartment wurde es aber auf einmal ungünstig, weil er sagte:

Willst du Vitaminsaft?

Weshalb?

Du siehst erschöpft aus.

Du siehst mich zum ersten Mal.

Uli beharrte darauf. Sie sehe erschöpft aus, als sei sie durch sieben Seen geschwommen. Da hatte sie nicht mal mehr Lust, zu winken.

Sie schlief daraufhin eine Nacht bei Paula Frey, eine bei Memet Ibrahim und eine dritte bei Isa Rattan.

Ilsebill hatte diese Abfolge protokolliert, dann kehrte sie zu Edgar zurück. Edgar war noch wach, die Gedichte aus aller Welt standen wieder im Büchergestell. Er lag wohlbalanciert auf dem Sofa. Er fragte Ilsebill: Was machst du all die Abende? Du kreuzt immer erst so spät auf.

Es lag daran, dass Ilsebill die Tochter von fern begleitete, bis die im Inneren eines Hauses verschwunden war. Je nachdem, wie lange die Tochter unterwegs war, konnte es auch bei Ilsebill ziemlich spät werden.

Wer weiss, wie schief diese Zeit für die Tochter des Zehnders geworden wäre, hätte Ilsebill sie nicht zuverlässig verfolgt. Am Anfang hatte es noch nach Zufall ausgesehen, wenn Ilsebill eine Sekunde nach der Tochter die Tür zur Sutter-Bäckerei geöffnet hatte. Danach wurde es Programm, dass sie sich immer in derselben Strasse, aber auf der gegenüberliegenden Seite, im selben Kino, aber sieben Reihen versetzt, fanden.

Einmal assen sie mit derselben Kaugeschwindigkeit dasselbe Feigenbrötchen in derselben kurz flatternden, dann hinter Wolken verschwindenden Nachmittagssonne. Die Hände der Tochter des Zehnders waren genauso kalt wie die von Ilsebill: sechsunddreissig Komma acht vier Grad.

Ich werfe bald was nach ihr, dachte die Tochter des Zehnders. Aber sie hatte es nicht im Traum vor. Merkte ja sehr wohl, dass Ilsebill sie zusammenhielt mit ihrem Blick, und blieb sitzen auf dieser Treppe, bis sie, zwei Synchronschwimmerinnen, gleichzeitig ihre Gewichte auf den je linken Fuss gaben und aufstanden.

Binnen zweier Wochen perfektionierten sie ihre Synchronität, Ilsebill ging nicht mehr zu Arbeit, verdiente kein Geld mehr, griff nach ihrem, dann nach Edgars Sparschwein, zahlte fortan damit ihr Brötchen und den Eintritt ins Fitnessstudio, wo Ilsebill neben der Tochter des Zehnders sechs Kilometer im selben Takt lief, danach tranken beide aus einer gummiblauen Flasche.

Ob sie auch vom selben träumten?

Ob gar Ilsebill der Zehnders Tochter Träume aufsuchte und mit ihr durch die bescheiden besiedelten Landschaften ihrer Träume geisterte? Ob sie dort war, wenn die Tochter des Zehnders durch enge Höhlen kroch, Frösche sezierte, sich wilde, bissige Hunde vom Leib hielt?

In dieser Stadt und Wirklichkeit auf jeden Fall warteten sie, je eine Ikeatasche unter dem Arm und mit feuchten Haaren, beim Europaplatz auf die Tram. Ilsebill wahrte einen Abstand von ungefähr einer Körperlänge. In diesen Abstand hinein stellten sich zwei junge Menschen. Rücksichtlos und direkt zwischen ihnen begannen sie sich zu küssen.

Ilsebill tat einen Schritt nach rechts. Und die Tochter? Starrte direkt auf den Schmelzpunkt.

Fresst euch doch auf, dachte sie.

Es wurde eine zunehmend nasse Interaktion. Die Tochter beobachtete, wie ab und an eine der Zungen rot aufschimmerte. Wie Speichel in die Mundwinkel lief und über sie hinaustropfte. Sie hätte Ilsebill in dem

Moment gerne darauf hingewiesen, dass der andere längst aus der Liebe verschwunden war.

Wie?, hätte Ilsebill gefragt.

Der Mensch von heute sei beschäftigt mit der Wartung und Instandhaltung seiner selbst. Es ginge den beiden zwar darum, sich nah zu kommen, lippennah, wimpernnah, zellnah, aber keine der beiden wollte, dass die andere ihr tatsächlich in die Quere komme. Keine dieser beiden würde je bereit sein, sich einzulassen auf das andere, die andere, das sie Verändernde, und dabei das Risiko eingehen, etwas von sich selbst aufzugeben.

Ilsebill hätte das sicher eingeleuchtet. Sie stiegen ein, als die Tram kam, beide mit links zuerst.

Zurück in ihrer Wohnung klemmte Ilsebill auf Edgars Bettseite ein Kissen zwischen ihre Beine, begann ihre Vulva am Stoff zu reiben. Sie schloss die Augen, atmete laut durch ihre Nasenlöcher, und gerade als ihre Bewegungen schneller wurde, öffnete sich die Wohnungstür. Edgar schnüffelte, rief ihren Namen, fand seine Freundin im Bett, schlafend. Nahm eine dünne Tagesdecke, um sie über Ilsebills Körper zu legen, da hielt er inne, als sei ihm etwas in den Sinn gekommen, etwas Entscheidendes.

Am Morgen darauf tranken die Tochter und Ilsebill Kaffee an zwei nur durch einen Spalt getrennten Tischen. Sie drehten mit dem Löffel je drei Runden in der Tasse.

Trotz allem: In den Erinnerungen der anderen forschen konnten sie nicht, und so wusste Ilsebill auch nicht, dass der feine Schaum von Milch und Kaffee, der Rückstand auf dem Tassengrund, die Tochter in einen Zustand ausgesprochener Leere versetzte. Als höhlte der Blick in eine Tasse ihre Brust aus. So wie Apfelkerne erinnerte auch diese Kaffeespur sie an einen Schmerz, der für ein einziges Menschenleben eigentlich zu gross war.

Ilsebill hingegen spürte eine Spur Heiterkeit, das Koffein, und als sie kurz darauf eine Brücke überquerten, streckte sie die Hand über die Brüstung, um einen ganzen Apfel hinabsacken zu lassen. Der Apfel hatte ein Gewicht von einhundertsechzehn Gramm, er zerschnitt die Luft in einer einzigen, fadengeraden Linie.

Der Vater Zehnder trug ein Foulard mit Hundertwasserdruck. Er tischte seiner Tochter auf, sie sass vor seinen Trauben und Chips, als er sagte, Martha komme gleich vorbei.

Hast du ihr gesagt, dass ich hier bin?, fragte die Tochter.

Ja, sie würde dich eben sehr gerne mal kennenlernen.

Die Tochter stand auf.

Immerhin war sie gefasst genug, um zu sagen: ungünstig.

Aber ihr Gesicht wurde dabei irgendwie gelbstichig, ihr Ausdruck sehr seltsam.

Weshalb ungünstig?, fragte der Vater. Er hatte in letzter Zeit bei aller Weichheit eine gewisse Risikobereitschaft gewonnen, und die Haare, die früher wie ein auf seine Glatze geworfener Pelz ausgesehen hatten, waren leicht himmelwärts gegelt.

Die Tochter trat nach links.

Sie sagte: Hast du Mama gefragt? Schob den Stuhl an seiner Lehne zurück zum Tisch.

Der Zehnder war verdattert, und als Nächstes sah er alt aus, legte eine Hand ganz flach auf den Tisch. Da an ihm alles rund war, lag die Hand dort wie die Flosse einer Hundsrobbe.

Du hast mich doch selber fotografiert für die – , begann er.

Ja, unterbrach die Tochter des Zehnders. Zwischen ihnen fiel der Tisch in einen Graben. Und mit dem Tisch auch die Früchteschale, die der Zehnder seit Neuem besass, mit den Äpfeln drin, der Zitrone gar, und es fiel alles in einen Schlund. Über den die Tochter nun einen Schritt tat und das Haus verliess.

Ilsebill war nicht an Ort und Stelle.

Normalerweise hatte sich die Tochter auch länger als achtundzwanzig Minuten im Hause ihres Vaters aufgehalten. Dieses Fehlen von Ilsebill liess die Tochter des Zehnders eine Stunde lang durch die Gegend irren. Was war mit dieser Stadt, sie kannte sie nicht mehr. Du fehlst, sagte die Tochter des Zehnders tonlos zu einer Barriere.

Du fehlst manchmal so sehr, dass auch alles andere nur noch fehlt, fehlt, fehlt. Sie beschloss es nicht, fand sich aber irgendwann bei sich zu Hause wieder. In der Wohnung, die sie mietete, hinter dem Restaurant Zebra in einer kleinen Seitenstrasse, wo die Laternen nicht mehr funktionierten.

Ilsebill kauerte an der Tochter Fenster, nachdem sie in der ganzen Stadt nach ihr gesucht hatte. Die Wohnung der Tochter des Zehnders, fand Ilsebill, war eigentlich reine Attrappe. Da war nur das Allernötigste drin, als sei sie gestern erst eingezogen. Die Tochter hatte ihre Schuhe ausgezogen, sie sass mit dunkelroten Socken und in ein Frotteetuch gewickelt auf einem Hocker. Ihr Haar war ein Haufen.

Sich unbeobachtet glaubend, hielt die Tochter des Zehnders die Spannung nicht mehr bis in die Fingerspitzen aufrecht. Die Enden ihrer Arme schienen irgendwie unbewohnt und schlaff. Auf einmal sah sie müde aus, sahen ihre Hände nutzlos aus, sie sah ins Nichts, während ihre Schultern in ihrem Oberkörper zu verschwinden schienen.

Ilsebill war das furchtlose, aber frierende Gespenst auf der anderen Seite des Fensters, das erwischt werden wollte. Und würde sie nicht erwischt, so würde sie durchs Fenster hinein und unter die Haut der Tochter steigen. Das stimmte seit Wochen so euphorisch und lebendig und entsetzt, dass sie nicht anders konnte, als die Tochter eine letzte Minute noch anzugaffen wie ein Zootier. Eine Giraffe ist sie nicht, sagte sie sich, aber einen langen Hals braucht sie als Tier, einige Beine, aber keinen einzigen Flecken, viel mehr ein Glanz, wie ihn Antilopen haben.

Das ist Liebe, hatte Edgar am Vorabend gesagt, als er in Ilsebills Haar rumwühlte, als suche er Läuse. Sie hatte gezuckt mit den Schultern.

Oder was denkst du, was Liebe ist?

Immer genau dann, wenn sie kurz davor war, Edgar in einem nebensächlichen Augenblick stehenzulassen, begann er, von Liebe zu reden.

Wenn man die gegenseitige Blässe der Kopfhaut aus hundert Kopfhäuten erkennt.

Er küsste sie durch die Haare und tat einen verschwenderischen Seufzer. Es kam ihr vor, als gäbe es zu Edgar eine Anleitung, wie für einen Fön, und alles, was Edgar an Aussergewöhnlichem gedacht hatte und noch denken würde, stand dort drin. Selbst die Geräusche, die er hin und wieder tat. Seine Seele, dachte sie, ist mit ein paar Gedankengängen umrundet. Aber die Seele der Tochter des Zehnders bedarf mehr Umrundungen und es erwies sich als höchst delikat, etwas zu umkreisen, das eher war wie Glas oder Luft und keinen zeigbaren Umriss aufwies.

Die Tochter des Zehnders hielt sich unbewegt auf jenem dreibeinigen Hocker und zuckte zusammen, als

Ilsebill einen Kiesel warf. Er schlug an ihr Fenster wie an ihre Gehirnschale.

Als sie öffnete, schien ihre Erschöpfung fortgewischt, sie war in einer dem gewöhnlichen Menschen nicht zur Verfügung stehenden Zwischensekunde wieder in ihre massgeschneiderte Fassung gerutscht.

Kommst du, um zu beissen?, fragte die Tochter des Zehnders.

Ich komme, um dich zu retten, sagte Ilsebill.

Sie hatte rein gar nichts Rettendes an sich, warf nun aber die Arme aus wie zwei Wasserschläuche. Schlackerte damit. Das war das Eigenartigste, was die Tochter des Zehnders seit Langem gesehen hatte, aber sie kam nicht dazu, zu lachen. Sie sagte: Wovor willst du mich retten. Hier gibt es keine Bären, keine Wölfe. Das Einzige, was beisst, bist du.

Dreieinhalb Kilometer östlich kauerte der Vater Zehnder über einem Schuh von Martha, bei dem sich die Bändel dermassen verheddert hatten, dass er eine Ahle zur Hand genommen hatte, um den Knoten aufzukriegen. Er kauerte über diesem Schuh, wurstelte mit seinen Fingern, während Martha eine Geschichte aus dem Spital zum Besten gab, in der eine Chirurgin mitten in einer Herzoperation einen nicht zu stoppenden Schluckauf gekriegt hatte.

Wir waren erst seit etwa sieben Minuten im Saal ..., sagte Martha.

Da drehte sich der Zehnder zu ihr um, die Ahle in der Hand: Könntest du bitte still sein? Ich muss irgendwie diesen Knoten aufkriegen, sagte er und riss an einem der Bändel, sodass er nicht wieder zu öffnen sein würde.

Die Seele der Tochter des Zehnders hatte keinen Geruch. Ilsebill wusste das und wusste auch, dass es das Begehren der anderen war, das die Tochter des Zehnders zusammenhielt. So, wie auch sie von ihrem Begehren nach der Tochter zusammengehalten wurde.

Sie hatten schweigend ein Glas Wasser getrunken, beide. Die Tochter des Zehnders hatte Ilsebill nicht hineingebeten, sie war über den Fenstersims hinausgeklettert. Sie standen sich gegenüber, atmeten gleichzeitig ein. Ilsebill hob eine Hand. Die Tochter des Zehnders tat es ihr gleich. Die Tochter des Zehnders kippte den Kopf, Ilsebill tat es ihr gleich. Sie kriegte rote Flecken, über den ganzen Körper verteilt, die Tochter des Zehnders sah das nicht, weil es so dunkle Nacht war und die in der Nähe stehende Strassenlaterne vor acht Monaten zum letzten Mal gebrannt hatte. Auch war fast nichts zu hören, weil ein Wind die meisten Geräusche auffrass.

Gegen ein Uhr morgens fuhr ein Fahrrad an dem Strässchen vorbei und der Lichtkegel des Dynamos strauchelte durch die Hecke, hinter der die Tochter des Zehnders sich in Ilsebills Armen auflöste. Ihre eleganten, langen Finger zuerst, einer nach dem anderen. Es fragt sich schon, wie so etwas bei Tageslicht ausgesehen hätte. Ob der Körper sich langsam an der Luft aufgab. Oder ob es abrupt geschah, eine Hand war weg, dann die nächste, wie bei einem Zaubertrick. Einen Zaubertrick, den Ilsebill ausführte, ohne ihn zu kennen. Die Hüften, der Bauch, am Schluss das Brustbein.

Ilsebill hob ihre eigenen Hände, die nur noch nichts umfassten. Die Tochter des Zehnders hatte sich aufgelöst. Sie selbst war ruhig, so ruhig, als sei sie der Grund des Meeres. Als habe sie es bis anhin bloss nicht bemerkt. Sie atmete tief aus.

Ein paar Strassen weiter war Edgar aufgewacht, hatte eine Hand einmal quer übers Bett geworfen und Ilsebills Abwesenheit ein weiteres Mal bemerkt. Er nahm sich vor, sie bald zu verlassen.

SCHWERE ITALIENISCHE HUNDE

Indessen geh ich herum und verkünde,
dass es so etwas wie Liebe nicht gibt.

Ann Cotten

Im letzten Sommer brachte ich das Geschick auf, erstaunt zu sein über jedes Gesicht, das ich zum ersten Mal sah. Ich sass am Ufer und sah mir die Gesichter an, die vorbeizogen. Sie kamen mir vor wie unbemerkte Kunstwerke. Keins hätte ich selbst erfinden können. Obschon ich weiss, wie so ein Gesicht aussieht, mit Nase, Kinn, Mund und so weiter.

Ich nahm die Kamera mit ans Meer und fotografierte von fern drei Menschen, die sich unter einem Sonnenschirm stritten. Wenn ich mich nicht traute, meine Kamera auf sie zu richten, fotografierte ich Hunde. Denn über Hunde war ich auch erstaunt, über die traurigen, schweren, italienischen Hunde und über die federleichten, die beim Rennen über die Sandbank abhoben, als seien sie Hummeln oder kleine, fellige Propellerflugzeuge.

In der Wohnung war ich barfuss oder ich trug rote Schuhe mit hohen Absätzen. Ich war mir selbst ganz fremd und fand es lustig, wenn ich damit durch das Zimmer stelzte.

Einmal warf ich Nüsse durch das Balkongerüst, die ein Kind mit seinem zu einem Fangbeutel aufgespannten Shirt auffing. Als es genug Nüsse hatte, spazierte es davon, ohne nochmals hochzublicken.

Die Tage glichen sich, als kehrte jeden Morgen derselbe zurück, aus demselben Licht gemacht, um gegen Nachmittag zur selben Temperatur hin zu klettern. Mir war diese Endlosschleife recht, so musste ich mir nicht eingestehen, dass es eine Zeit gab, die verging.

Ich war ohne Liebschaft in Santa Maria und vielleicht gerade deshalb unbekümmert. Einmal fand ich mich vor dem Spiegel, sah mich an und mein Gesicht sagte mir, es würde gern von einem anderen Gesicht –. Da sagte ich ihm: später, drehte das Licht aus.

Bei allem Schönen gab es eine Tageszeit, die mir gefährlich vorkam: fünf Uhr nachmittags. Gerade noch war ich unerschrocken am Meer gesessen, da wurde etwas in mir düster. Ich sah mich ins Meer hinausschwimmen und ziemlich geräuschlos ertrinken, in der Wohnung sah ich den Teller Spaghetti stehen, zu einem Haufen vertrockneter Würmer erstarrt.

Ich wurde müde. Mein Kopf kippte zur Seite.

Signora, rief der Typ, dem die Strandbar gehörte. Er hielt eine Flasche in die Luft. Ich schüttelte den Kopf. Dann stand ich auf und ging doch rüber. Er mixte mir einen Miracolo Spray und ich trank, Zucker und Alkohol, und beobachtete den Typen, wie er seine Muskeln anspannte, um eine Flasche zu öffnen, eine Schublade zu ziehen. Er grinste. Sagte was über die Hitze.

Ich zuckte mit den Schultern und kam mir touristisch vor.

Er lächelte, als ich das leere Glas hinstellte, sodass es meinem Gesicht etwas unangenehm wurde. Er war so sehr ein Mann, dass ich so sehr eine Frau hätte sein müssen, was mir widerstrebte.

Signora! Kommen Sie heute mit mir ins Kino?, fragte er.

Ich lächelte und schüttelte den Kopf und versuchte bei meinem Abgang nicht im Sand gegen die eine oder andere Seite zu kippen.

Der Strand war lang genug, dass ich jeden Abend in einer anderen Bar einen Miracolo-Spray trinken konnte. Der Strand war auch lang genug, um an jedem Abend der Woche ins Kino eingeladen zu werden. Und überall fand sich dasselbe Getränkeangebot auf denselben überkolorierten Karten. An jeder Bar fand ich ausserdem jene kleinen Springbrunnen, in denen Kokosstücke badeten.

Einmal, in der Mittagshitze, suchte ich das Kino.

Als eine Person mich fragte: Was suchen Sie? Che cosa sta cercando?, wurde ich verlegen. Das Kino? In der Hand hielt die Person zwei Plastiktüten, die sie nun hochhob, um mir eine Richtung vorzugeben. Das Kino ist hinter der Kirche, also wenn Sie an der Focacceria vorbeigehen links.

Aber ich fand es nicht.

Der Eingang ist gut versteckt, sagte eine andere. Kommen Sie. Ich trottete der Alten hinterher, die nicht eigentlich spazierte, sondern viel mehr das Gewicht vom einen aufs andere Bein verschob. Sie riss an der einen oder anderen hängenden Pflanze, als sei sie zuständig für das Ortsbild.

Es stellte sich heraus, dass das Kino jeden Abend geöffnet war und dass den ganzen Sommer über derselbe Film gezeigt wurde: *Blaue Nächte.* Auf dem Plakat zu sehen: ein Typ vor dunkelblauem Wasserhintergrund, Knarre in der Hand, gegen den Himmel gerichtet. Die Silhouette eines Körpers, der sich entfernt, Wurf eines Scheinwerfers. *Brillante*, stand dort drinnen.

Es wurde Herbst, es war nach wie vor warm, aber der Sommer verlor seine Sattheit. Ich ging nicht mit dem einen und nicht mit einem anderen ins Kino.

Im Stock unter mir hörte die vom Postkartenladen leiernde, italienische Lieder. Wenn ich an ihren

Postkarten vorbeiging, rief sie mir manchmal etwas zu, so als wäre ich sehr jung und sie sehr alt. Als wüsste sie, dass die Jugendzeit aufregend sei und so weiter. Sie dachte von mir, wo auch immer sie das her hatte, dass ich Aktfotografie betreibe. Die Schwester meiner Nachbarin, sagte sie, will gerne für Sie Akt sitzen, sie heisst Francesca!

Ich sagte: Ich mache doch keine Aktfotografie, und lachte. Sie überhörte meinen Kommentar, nahm das Lachen auf und sagte: Francesca ist die Enkelin der Schwester von Sylvia aus La Dolce Vita, und sie lachte und verschluckte sich. Ich bog an ihr vorbei, setzte mich an meinen Platz unter die Mauer, ganz hinten am Strand, und sah das Meer durch die Linse. Sah am Horizont einen Tanker vorbeikriechen, da drängte sich etwas ins Bild, etwas Rotes, aus Gummi, von rechts. Ich widerstand der Versuchung, die Kamera wegzulegen, jetzt füllte ein Kind den Sucher aus. Es sah mich herausfordernd an, auf seinem Badekleid ein Hai, der einen Hut trug und gut gelaunt aus dem Wasser sprang. Der Mund des Kindes nahm eine merkwürdige Form an, mir fiel der Begriff dazu nicht ein, etwas zwischen Niedlichkeit und Bosheit, es näherte sich mir, als sei es ein Tier, seine Nase bohrte sich in den Sucher.

Bevor es an diesem Tag Nacht wurde, räumte eine Equipe alle Schirme und alle Liegen weg und putzte den Sand mit einer Bürste. Eine Sekunde lang dachte ich, das geschah, weil später eine Gesellschaft, die den Strand für sich gemietet hatte, mit Rössern antraben und Blumen werfen würde. Ein Brautpaar würde seitlich vom Pferderücken rutschen. Als der Strand am Morgen noch immer leer war, fiel mir ein, dass es sich um das Saisonende handeln musste.

Ich ging zu meinem Koffer und wühlte darin. Im Kalender sah ich eine weisse Woche nach der anderen, ich schätzte, dass es sich beim heutigen Montag um den 12. Oktober handelte. Ich blätterte durch die Wochen, blätterte bis zum eingekreisten 23. Oktober, dem Tag meiner Abreise.

Am Meer setzte ich mich unter die Mauer.

Ich sagte: Ach.

Santa Maria im Rücken, die Unendlichkeit vor mir.

Dann sagte ich: Aha, weil von Ach wurde mir unwohl.

Ein Mensch zog einen schweren Hund hinter sich her durch den gebürsteten Sand. Er hob den Kopf, als er mich sah, und der Hund guckte auch.

Auch wenn ich mir lächerlich vorkam damit, ich dachte, dass ich heute sofort ins Kino gegangen wäre, hätte mich jemand gefragt, oder zu einem der Barkeeper nach Hause. Vielleicht wäre es eine winzige Wohnung gewesen mit aufgefädelten Muscheln an Schnüren, die ein überirdisches Geräusch von sich geben, wenn der Wind sie durch das Fenster bewegt, und ich hätte eine Hand eingeklemmt in einer erhitzten Achselhöhle.

Um mich selbst zu überlisten, zog ich die roten Schuhe an und stöckelte damit die Treppe herunter. Als ich die Tür aufschob und an den Postkartenständern vorbeischleichen wollte, hatte die Postkartenverkäuferin mich schon bemerkt.

Wohin, wohin?, fragte sie.

Ins Kino, sagte ich, und da zwinkerte sie mir wieder zu, sodass ich gleich wieder hochrennen wollte und mich in der Dunkelheit meiner Wohnung einsperren.

Kein einziger Strandbarbesitzer war in dem schmalen Kinosaal, dafür zwei bucklige Frauen und ich, die in der hintersten Reihe Rosinen ass und über ihre Perücken zur Leinwand sah. Ein Mann hatte einen Auftrag. Er bewohnte nacheinander verschiedene Geschosse eines leer stehenden Hauses. Manchmal trat in weit entfernten Fenstern eine Frauenfigur auf. Die Kugel ging schief. Und von nun an war der Auftragsmörder in argem Stress, um nicht selbst geschnappt oder erschossen zu werden. Es begann eine Irrfahrt in Taxis, der Mann kämpfte mit den bissigsten Hunden, sprang über die stacheligsten Zäune. Die Frauen im Film sagten nicht viel mehr als: Ohgott. Bis sie vom Protagonisten erschossen und in eine Mülltonne verladen wurden. Ungefähr nach einer Stunde stellte sich heraus, warum er all das tat: Er liebte eine. Eine, die schwer verletzt im Krankenhaus lag. Und als er zu ihr zurückkehrte, am Krankenbett sass, seine Finger die ihren streichelten, spülte mir mein durchlässiges Gehirn tatsächlich ein paar Tränen hin. Ich stand ruckartig auf. Mein Schatten warf sich auf die Leinwand. Ich wollte nichts mehr davon hören: dass Liebe zwei Menschen meinte, die sich auf Gedeih und Verderb wollten, und zwar bis sie und ein paar weitere Betroffene daran zerbrachen. Das hiess, dass ich ab sofort über jeden Liebesschwur lachen und dass ich diesen Film als bedenklichen Irrsinn verstehen wollte. Wieso war für so was keine Triggerwarnung vorgesehen? Ich verliess den Saal, für die zwei Frauen, die auch noch im Kino sassen, muss es dramatisch ausgesehen haben. Wenn ich mal alt bin wie ihr, dachte ich, werde ich mir auch gewissenlos solche Filme reinziehen, wenn ich wissen werde, dass ich den ganzen herzzerreissenden Quark hinter mir hab und in irgendeine Wohnung zurückkehren kann, wo mein Antonio oder Alberto oder Alessandro am Tisch sitzt und seine Pfeife isst, weil er nicht mehr weiss, was was ist.

Draussen war es dunkel und die Luft feucht, meine Haare luden sich statisch auf. Ich hatte ein seltsames Bedürfnis, einen Durst, als müsse ich von dieser Luft trinken oder sie steil in meinen Rachen schütten. Ja ja, sagte ich mir, dann schritt ich in die Azul-Bar. Ich merkte genau, dass ich hoffte, mir würde etwas widerfahren, etwas mit Küssen und so weiter.

Die Getränke in der Azul-Bar waren durchsichtig, aber je nachdem, wo ich mein Glas hinstellte, wurden sie rot oder violett. Ich pickte Erdnüsschen. Neben mir machte die vom Postkartenladen einem Pianisten, der ausgesprochen jung war, schöne Augen.

Es war nicht viel los. Nicht viele Leute, eine plätschernde Stimmung, die ab und zu in etwas Leeres kippte, das der Jüngling am Klavier sogleich wieder überklimperte. Die vom Postkartenladen lehnte sich nach ihren Verführungsintermezzos zu mir rüber und drückte irgendeinen Teil meines Körpers. Ich sah mir die Leute in der Bar an, einen nach dem anderen, fragte mich, ob ich einem einzigen von ihnen gern mit der Zunge über die Zähne fahren würde. Ich wippte mit einem Fuss. Erwartete ich, dass einer dieser Menschen mir auf einmal interessanter und aussagekräftiger schien als die anderen? Erwartete ich, dass eine Nase mir besonders gefiele? So eine aufregende Augenbraue, dort muss ich hin?

Ich wollte gerade wieder aus der Bar herauslaufen, hatte mich gerade aufgerichtet, da bemerkte die vom Postkartenladen mit ihrem siebten Sinn meine Absicht und beschwerte mich mit einem ihrer Glieder. So schüttete ich einen, zwei, drei Miracolo Spray in meinen Rachen, bis es in meinem Magen brodelte und mein Herz zu kochen begann.

Bald kamen mir die Menschen vor wie Äpfel, alle vom selben Baum. Ein paar Äpfel verliessen die Bar. Und auf der Uhr verkehrten die Zeiger ziemlich willkürlich, behaupteten, dass jetzt schon ein anderer Tag sei. Der Pianist hatte sein Spiel unterbrochen, er schmiegte sich an die vom Postkartenladen. Die wiederum streckte einen Arm aus und wollte mich an ihre Brust ziehen. Sofort dachte ich, dass wir ihre Babys seien, pro Brust ein Kind, und obwohl ihr Körper vielversprechend dampfte, wand ich mich aus ihrer Umarmung.

Ist sie schüchtern?, trällerte der Pianist.

Die vom Postkartenladen guckte mich geheimnisvoll an und flüsterte ihm etwas ins Ohr. Ich stand auf und wollte etwas vorhaben. Ich lief in eine Ecke, in der zusammengesunken noch ein letzter Apfel sass, ich ging geradewegs auf ihn zu, auf seinem Kopf sah ich ein paar fahle Haare liegen, und ich bog ab, andere Richtung.

Der Typ rief mir noch ein Wort hinterher, wie der letzte, jämmerliche Ton, den eine Klarinette von sich gibt.

Auf dem Klo fühlte ich meine Sehnsucht nach einem vertrauten Menschen bis in die Haarspitzen. Schnell riss ich die Hose runter. Ich bin betrunken, dachte ich. Das Geräusch meines eigenen Urins, wie er ins Wasser der Toilette plätscherte, hatte etwas Umarmendes. Ich bin betrunken, dachte ich nochmals. Und so stieg ich in jener Nacht durch das Fenster einer Abstellkammer. Ich wollte die vom Postkartenladen nicht mehr sehen, wie sie den Jüngling in ihrem Schoss wiegelte. Ich sprang aus dem Fenster, polterte in ein paar Abfallsäcke. Eine Katze erschrak.

Meine Flucht blieb unbemerkt. Ich hatte meine Drinks bezahlt, es gab niemanden, der mir hinterherrannte und mich mit einem japanischen Trick zu Boden zwang.

Ich ging langsam die Treppe runter zum Strand. Ach, wie gerne wäre ich verhaftet und befragt worden. Wann wurden Sie geboren? Hat es da geschneit? Wie weit können Sie auf Italienisch zählen? Welcher ihrer Sinne ist am besten ausgeprägt?

Der Strand war wieder frisch gebürstet, und ich ging in Socken durch den kühlen Sand. Dann zog ich meine Kleider aus, stieg ins Meer wie in eine Tasse lauen Tees. Während ich im untiefen Wasser umherspazierte, kam ein Streuner den Strand entlang gehumpelt. Er schnupperte an meinen Kleidern und legte sich hin. Kurz darauf gesellten sich weitere Hunde dazu, es sah nach einer gewöhnlichen Versammlung aus. Ich verschob das Mondlicht im Wasser, badete, bis zur Hüfte nur, ich fürchtete mich vor allem Getier, das weiter draussen in der Tiefe schlummerte und meinetwegen die Augen aufgeschlagen hätte.

Santa Maria, sagte ich, und patschte mit den Händen auf die Wasseroberfläche. Deine Wasser sind noch warm.

Als ich mit schweren Socken wieder an Land watete, nahmen mich die Hunde schweigend in Empfang. Ich setzte mich hin und zog einem von ihnen meinen Pulli unter den Beinen weg. Er sprang hoch und legte sich gleich wieder hin, leckte sich die Pfoten. Es war eine helle Nacht, die Hunde waren still, ich sah ihre traurigen Augen, die immer etwas ansahen, ohne wirklich hinzuschauen.

Am nächsten Morgen, die Nacht war noch nicht ganz verblasst, hörte ich die vom Postkartenladen zurückkehren. Ich lag auf dem Rücken und atmete im Bett. Erst als sie wieder die Leierlieder auflegte, stand ich auf, wusch mir das Gesicht. Ich sah mich an, während es in meinem müden Gehirn rechnete. Es blieben mir neun Tage in Santa Maria. Und dann? Ich liess den Haufen Spaghetti vom Vortag in die Pfanne rutschen, und noch bevor sie warm wurden, ass ich sie auf, Würmer aus der Pfanne. Am Nachmittag setzte ich mich auf den Balkon, suchte die Unbekümmertheit der letzten Monate, indem ich hin und wieder eine Erdnuss über das Geländer warf. Ich sah eine Katze, die die rötliche Farbe der Ziegel hatte, eine Glocke schlug einmal, zweimal, das war alles.

TAMTAM DES ABSCHIEDS

Das Vergangene ist nicht tot: es ist nicht einmal vergangen. Wir trennen es von uns ab und stellen uns fremd.

Christa Wolf

Ich hatte mich ganz kirre gemacht mit der Vorstellung, jemand anderes könnte in Traudels Schublade steigen.

Wie gross ist die Schublade genau, erkundigte ich mich bei ihr.

Traudel schrieb unmittelbar zurück, sie fasse eins Komma zwei Kubikmeter.

Also ist es die ganze Bettlänge?, fragte ich.

Es war mein Glück, dass nebst Traudel niemand je diese Nachrichten lesen würde und Traudel mich nicht für meine Sorge verurteilte, jemand könnte es in ihrer Schublade behaglich finden, sich einnisten und gar dort übernachten wollen.

Wir hatten uns am späten Nachmittag getroffen, per Zufall an der Turmstrasse, vor einem Orthopädiegeschäft. Traudel kam um die Ecke gebogen. Geschäftig, als würde sie von einem Motor angetrieben, kurvte sie ein Brett auf einer Sackkarre vor sich her.

Was hast du vor?, fragte ich.

Baue ein Bett, das wird grossartig, antwortete Traudel. Mit einer riesigen Schublade für mehr Stauraum.

Hast du wen anderes inzwischen?, fragte ich.

Für in die Schublade?

Ja, sagte ich.

Ich brauch mehr Stauraum, antwortete Traudel, primär mehr Stauraum.

Wohin war ich gerade unterwegs? Zu meinem Bruder wollte ich, richtig. Oder wollte ich Schlüssel kopieren lassen? Ich weiss es nicht mehr, ich weiss nur, ich war sehr beunruhigt danach.

Die Stadt ist weitläufig, Traudel und ich geraten uns trotzdem ständig in die Quere: Ich steige aus einem Taxi und die Autotür schlägt an Traudels Holztransportkarre. Ich greife nach Salz und Traudel greift ein Regal weiter nach Windeln.

Windeln? Was hast du damit vor, wickelst du jetzt Kinder?

Auf keinen Fall, sagte Traudel.

Es steckte letzthin gar eine Karte im Bankomat am Falkenplatz: Sie gehörte Traudel. Die hundert Franken, die aus dem Schlitz flatterten, offensichtlich auch. Traudel war in ihrem Element, wenn Traudel in ihrem Element war, hatte ich bisschen Panik.

Kein grosses Tamtam machen beim Abschied. Das ist kein Kalenderspruch, aber ungefähr die unmöglichste Forderung, die man mir stellen kann. Lass mich eine Prüfung in einer unbekannten Sprache schreiben und ich komme besser zurande! Natürlich mache ich ein Tamtam. Und wenn ich mit Traudel seit zehn Jahren keinen deutlichen Schlussstrich ziehen konnte, wie würde ich mich dann erst anstellen, wenn ich sterbe? Meine Mutter meint: Der Mensch stirbt so, wie er lebt. Lebt er zufrieden, die Füsse hochgelagert, stirbt er zufrieden, die Füsse hochgelagert. Lebt er melancholisch, stirbt er melancholisch usw.

Das bestätigte meine Furcht: Ich würde selbst am Schluss noch einen riesigen Aufstand anzetteln, in meinem Sterbebett poltern, bis man mich verwarnte und sedierte. Mit geschwächter Zunge würde ich eine Ärztin um die andere nach einer letzten Lebenszugabe bitten.

Vielleicht darf ich ja eines Tages in der Schublade sterben, schrieb ich Traudel und bereute es die halbe Nacht.

Als ich am nächsten Morgen das Fenster öffnete, standen auf dem matschigen Rasenstück unten zwei Kinder in Regenjacken. Sie sahen bereits hoch.

Hallo!, riefen sie, ein bisschen so, als hätten sie eine Herausforderung nötig.

Hallo, rief ich zurück. Was macht ihr?

Sie antworteten nicht sofort, ich wusste nicht, ob sie mich verstanden hatten. Ein paar Sekunden dauerte es, dann sagte eins von ihnen:

Eigentlich nichts.

Ich musste lachen. Eine Stunde später standen sie immer noch ratlos unter dem Apfelbaum.

Baut doch eine Schublade, rief ich ihnen zu, durchs Fenster.

Eine Schublade?

Damit könnt ihr eure Eltern beglücken, könnt ihr Dinge verstecken, könnt ihr, ja, was könnt ihr damit?

Ich habe schon ein paar Schubladen, sagte eins der Kinder.

Sie sahen hoch, sie schienen nicht zu wissen, ob sie enttäuscht sein sollten über meinen Vorschlag. Ein paar Minuten später knallte der Klopfer gegen meine Tür.

Wir würden gern einerseits eine Schublade bauen, sagten sie, andererseits einen Zoo eröffnen.

Mir schien, dass dieses *einerseits, andererseits* das eigentliche Ding, der Lockvogel war, denn als sie mich auf der Suche nach einem Tier verfolgten, sagten sie, wann immer in einen Satz einflechtbar: einerseits und andererseits. Einerseits ist es ein Museum, andererseits ist es eine Wohnung, plauderten sie.

Einerseits ist es eine Wohnung, andererseits hat es kein Schlafzimmer.

Ich konnte ihnen eine Spinne vermachen, die zwischen

den alten Zahnbürsten wohnte, von der ich wusste, dass sie alt war.

Einerseits sammelst du wertvolle Sachen, andererseits sammelst du Ramsch ohne Ende.

Wer sagt so was?

Einerseits unsere Mutter, andererseits der liebe Gott.

Sie lachten dumm, schielten zu mir rüber.

So, so. Gott sagt euch also persönlich, dass ich Ramsch ansammle?

Sie kicherten, dann eilten sie leise diskutierend davon, die Spinne in einer meiner leeren Zündholzschachteln.

Den Nachmittag verbrachte ich damit, im Quartier auf- und abzutigern. Auch die Wolken tigerten oder fuhren auf und ab am Himmel, da der Wind sich für keine Richtung entscheiden konnte. Kann sein, dass ich Traudel vermisste oder irgendeine Zeit, die es gar nicht gegeben hatte. Aber selbst wenn sie hier gewesen wäre, ich ihr Handgelenk umfasst hätte oder sie meins, hätte ich sie vermisst. Als sei ein Teil von ihr schon verschwunden oder irgendwo auf der anderen Hälfte des Planeten.

Um sie nah zu haben, hatte ich uns ab und an in die Badewanne gefugt, das Unterwassersausen im Ohr, hatte ich auf Traudels Bauch gelegen. Ein Lichteffekt war über ihre Brust gehuscht.

Es dauerte einen Moment lang, ich meine zehn Jahre, bis ich begriff, dass zwei sich lieben können und doch gescheiter keine Einheit bilden. Die Tränen, die ich da in der Badewanne austeilte, fielen kalt und salzig in das Schaumwasser.

Keine sechs Tage musste ich warten, bis Traudel und ich wieder ineinanderrannten. Nass bis auf das allerletzte Haar war Traudel im Regen und zog auf einer Karre Isolationswolle hinter sich her.

Für die Schublade?, fragte ich.

Nein, für die Aussenwand.

Baust du eine Wand?

Ich baue ein Haus, sagte Traudel. Angefangen hab ich, weisst du noch, mit diesen Fichten-Bilderrahmen, dann Bettrahmen und jetzt dann der grosse Rahmen, die Umfassung ein Haus.

Wer ein Haus baut, dachte ich, hat Zukunft. Wer ein Haus baut, will ein Nest, das er nicht nur allein bewohnen wird. Ansonsten macht Nestbau keinen Sinn. Ich spürte mich böse schauen und anders atmen. Verkehrt atmen, ein statt aus und aus statt ein.

Ein ganzes Haus, das ist – Traudel!

Einen Moment lang musste ich nach Wörtern suchen, dann polterten sie heran, ohne dass ich sie noch in eine schlaue Komposition hätte bringen können:

Es regnet. Du hast ein Dach über dem Kopf. Was fällt dir jetzt noch ein, was du begehren könntest, Traudel? Ein Bett, eine Schublade – okay. Aber ein Haus? Willst du das? Die Welt zustellen mit deinen Bauten? Mein Gott, wir wissen alle, wie beschränkt der Raum ist und dass überall, wo ein Haus steht, dafür ein wilder, ausgesprochen wichtiger Wald hat weichen müssen.

Ich stampfte davon, liess Traudel mit ihren Isolationsfetzen im Regen zurück.

Wenn Traudel ein Haus baut, dachte ich, dann baue ich ein Minushaus. Dann kaufe ich mir einen Nichthammer, mit dem ich keinen Zentimeter zimmere. Ich entzimmere, Zentimeter um Zentimeter. Ich baue zurück, ich baue ab, ich verschwinde, tschau.

Ich spuckte einmal an den Strassenrand, nur hatte ich darin kaum Erfahrung. Der Speichel landete auf meiner Jacke. Nun wedelte ich mit einem Taschentuch, putzte alles ab und weg.

Im Bus beobachtete ich die Leute, jede und jeden Einzelnen, und ich dachte, wer von euch Trotteln würde an Traudels widerspenstige Seite passen. Bei der Zündholzfabrik stieg eine ältere Frau zu, mit einem glänzenden Gehstock in der Hand und einem wunderschönen Mund in derselben rotbraunen Farbe. Dieser Mund hätte auch Traudel gefallen, er sah ein bisschen spöttisch aus, aber auf elegante Weise spöttisch.

Ich warf ihr einen vernichtenden Blick zu.

Die Kinder, inzwischen, hatten sich unter dem Apfelbaum installiert. Allerlei Schachteln, in denen sie Käfer horteten. Und Engerlinge, Feuerwanzen, meine alte Spinne. In ihren luftdichten Käfigen schaukelte das

Geziefer im Wind und Regen wie in unheimlichen Gondeln. An einer Schnur konnten sie die Gondeln zu sich runter zum Erdboden befördern. Sie verteilten Zettel: Zoo vor der 96. Ein Eintritt kostet zwei Franken, jeden Nachmittag geöffnet.

Jetzt bauen wir die Schublade, riefen sie durch mein Fenster hinein.

Ich sagte: Das macht null Sinn, baut wenn dann ein Haus! Ich schloss das Fenster, die Fensterläden, und rollte mich in der Dunkelheit auf dem Teppich zusammen. Zog die schwere Wolldecke über mich. Ich weiss nicht, wie lange ich dort schlief. Vielleicht ein paar Tage.

Liebe ist zunächst der Wunsch, anzuhäufen. Nimm zwei Menschen. Sie treffen aufeinander, sie häufen sich. Aus zwei Armen werden vier. Sie beschenken sich. Wühlen in ihrer Vergangenheit rum und häufen polierte Erinnerungen an. So häufen sich auch ihre Treffen, multiplizieren sich in gewissen Fällen sogar, und kaum gibt es einen neuen Zellhaufen, kommen sie auf die Idee, aus Liebe oder dann schon Gier, zur nächsten Häufung anzusetzen, die ihrerseits wiederum häufen wird und so weiter.

Traudel und ich hatten uns erst ein paar scheue Male gekannt, da liess sie den Faden einer Jeans hier liegen. Ich schickte ihn ihr per Post, obschon ich ihn gerne behalten hätte. Beim nächsten Mal war sie schon grosszügiger, sie liess ihren gesamten Rucksack da. Dann eine Plastikstatue, die sie gefunden hatte, die kaum durch die Tür gepasst hatte, in Form von Arnold Schwarzenegger. Zu Arnolds Plastikfüssen sassen wir und assen Bami Goreng. Ich stellte fest, dass die Wohnung eine andere war, wenn Traudel da war, alle Gegenstände, jedes Teilchen wollte sich eng an sie schmiegen, wollte, dass Traudel über Nacht bliebe, und sie blieb auch über Nacht und rauschte am Tag darauf ohne Arnold ab. Ich hatte ihn quergelegt, so musste ich jeden Tag ungefähr achtzig Mal über seine breiten Schultern steigen. Ich tat dies ausgesprochen gern.

Die Liebe hat eine Tendenz zum Anhäufen und Anhäufen ist Anfangen. Die Liebe will immerzu Anfänge machen, ins Nichts hinein, und ist der Anfang gelungen, so will sie ihm gleich eine Ewigkeit hinzufügen. Traudel war nicht so interessiert an dem, was ich Philosophie nannte, und was waren meine Häufungsstudien, wenn nicht praktische Lebensphilosophie.

Ich verstand Traudel gut, Häuser bauen, mehr ist mehr, Akkumulieren, Wände, Isolation, doppeltes Fensterglas und satt aufgetragene Farbe, kein blosses Mitbringsel sein im eigenen Leben, viel mehr beschwert, angekommen. So hatte ich es auch bevorzugt, Metalle an meine Füsse geschnallt, die einhakten im Untergrund, statt über den Erdboden zu schwebisieren, als wäre nichts.

Als ich wieder wach war, ass ich Zwieback und hatte noch keine Lösung bereit. Kratzte mit dem Messer darüber. Es krachte, als ich hineinbiss. Der Honig tropfte vom

Zwiebackrand und auf die Fliesen. Traudel würde sich vom Hausbau nicht abhalten lassen, das war mir klar. Selbst wenn ich verkündete, ich würde wegreisen, für den Rest des Lebens verschwinden, würde sie ihre Arbeit nur kurz unterbrechen, den Kopf heben, den Meter in der Brusttasche, den Bleistift hinterm Ohr. Vielleicht würde sie mir einen Nagel schenken, den ich an irgendeiner Wand im Ausland würde anbringen können.

Ein Klopfen unterbrach meine Gedanken.

Hallo, hörte ich die Kinder rufen.

Die Zoowärter:innen, sagte ich. Heute in Gummistiefeln.

Wir tragen keine Socken, sagte eins von ihnen.

Bravo, sagte ich.

Einerseits, sagten sie. Dann ruderten sie noch ein bisschen mit den Armen, bis sie mit ihrer Frage rausrückten: Hast du Holz für unser Haus?

Habt ihr nicht längst ein Zuhause?

Doch.

Jetzt baut ihr noch ein Haus?

Sie sahen sich an, verwirrt und etwas sprachlos.

Für die Spinne, entschied dann eins von ihnen, und ich sah, wie ihr Projekt, ein Haus für sich zu bauen, in Sekunden umschwenkte zu einem Haus für meine alte Spinne.

Ich habe nur Ramsch ohne Ende, sagte ich, dann liess ich sie hinein.

Später hörte ich sie vor meinem Fenster hämmern.

Dafür, dass sie ein winziges Spinnenhaus bauten, hämmerten sie sehr lange, den ganzen elenden Nachmittag lang. Jeden Nagel mussten sie mehrmals platzieren, so klein war der Hammerkopf, so miniatur die Nägel.

Man kann mich damit zuverlässig schockieren: Wie lange etwas braucht, um in Form gebracht zu werden, und welchen Bruchteil davon, welche unwürdige Sekunde es dauert, bis sie sich wieder auflöst. Als ich diese Erfahrung das erste Mal machen musste, hatte ich für meine Mutter und die Geschwister einen Braten nach Kochbuch gekocht. Dazu Salat und Vanillecreme, die leider verbrannte. Es waren zwar alle vornehm in das improvisierte Restaurant eingetreten, sie hatten zwar vornehm mit ihren Silbergabeln die Endvivienblätter aufgestochen, ihre Münder vornehm an den dunkelroten Servietten abgewischt, aber es hatte keine zehn Minuten gedauert, keinen Witz lang, bis alles aufgefressen war, verschwunden auf Nimmerwiedersehen.

Ich erwog mal wieder, einen Abschiedsbrief zu schreiben, in dem ich formulierte, dass Traudel mich nie mehr sehen würde. Aber glaubte ich wirklich, dass es dieses Mal funktionierte? Ich war es einige Male schon angegangen: Adieu Traudel, dreihundert Gramm wiegt ein Menschenherz, meines siehst du nie wieder. Aber dann stellte ich mir jeweils vor, wie Traudel den Brief las und als Nächstes nach der Wasserwaage griff, wie sie innert

Sekunden klarkam damit. Sie wird schon noch traurig werden, hatten mich ein paar freundliche Gemüter beruhigt, einige Menschen brauchen Jahre, bis sie gewisse Tatsachen durchsickern lassen können. Im Brief wurden aus meinen grossen, gebluffften Abschiedsworten kleine Aber. Aber aber meine Schrift neigte sich, wurde ganz zärtlich, schien das Papier zu streicheln. Traudel. Aber. Du kannst mich anrufen, wenn du eines Tages jemanden brauchst, der nachts über deinen Atem wacht.

Die Sonne und das schöne Wetter krochen nur so weit hinein, wie ich es erlaubte. Der Tag verging ohne mich. Ab und an klingelten die Kinder, aber ich öffnete nicht mehr. Einmal klappte ich ein Buch auf. Las den Anfang. Dann das Ende. Es fiel mir ein, dass Traudel diese Technik belächelt hatte. Und vom Sandwich?, hatte sie gefragt. Isst du auch nur die Brothälften?

Von da an demonstrierte ich es ein paar Mal. Ass das allesumfassende Brot, Traudel klappte ihr Sandwich auf, mein Käse, meinen Salat und meine Tomate kippte ich in ihr Brot.

Ich schüttelte den Kopf ob dieser Erinnerung. Meine Gehirnflüssigkeit schwappte im Schädel.

Inzwischen war es spät geworden. Die Dunkelheit hatte sich ein Netz gewoben, ich schlich hinaus, legte mich unter den hängenden Zoo. Neben mir das schräge Spinnenhaus. Über mir die gondelnden Käfer, unter mir die Würmer, und die Krabbelnden, denen die Flucht vor den gierigen Kindern bis jetzt geglückt war. Es schlugen die Schachteln in dem feinen Wind gegeneinander.

Die Kälte kroch von links und rechts an mich heran, ich wurde ganz dicht. Atmete ein, ein Blatt fiel auf meinen Kopf. Ein Test, ich zuckte nicht zusammen. Mein Blut floss behaglich und fein durch seine Bahnen. Bald hätte ich kein Haus mehr, geräumt vor den Augen von Gott und den Kindern und Arnold Schwarzenegger. Dann käme meinem eigenen Körpergehäuse etwas mehr Bedeutung zu.

Als Traudel und ich noch im selben Nest schliefen, sagte ich nachts gerne Hallo ins Dunkle.

Hallo.

Weil es nieselte. Weil es nicht nieselte. Ein Hallo, ohne dass es an etwas anknüpft, ist wie ein Anfang mitten in der schalen Nacht. Ist ein liebevoller Knall. Das loseste Wort zwar, aber genau lose genug, um die gesamte Zärtlichkeit in ihm zu versammeln. Traudel drehte sich jeweils zu mir, wenn ich sie mitten im Schlaf begrüsste und atmete mir fortan ins Gesicht. Ich rückte etwas hoch, so ging ihr Atem an meine Gurgel. Eine Minute, in der mich das fast nur gefreut hatte, dann wandte ich mich ab.

Was konnte ich tun gegen diese Anflüge von zärtlicher Hoffnung? Was konnte ich tun, solange ich auf der Welt war, war auch Traudel auf der Welt. Ich konnte nichts tun. Aber Traudel tat was. Sie schrieb mir eine Nachricht.

Kartuschenpresse, hast du so was?

Dann war sie also schon dabei, Fugen zu versiegeln.

Natürlich, eine Kartuschenpresse hatte ich. Kurz darauf trug ich die durch die halbe Stadt.

Vor ihrem Block sah ich Traudel um etwas herumtigern, das, ob man es wünschte oder nicht, ob Nacht oder nicht, an ein Haus erinnerte und das man nur noch mit Schwierigkeiten als etwas anderes identifizieren konnte. Kein Hundehaus war das, es ging noch nicht mal als Tomatenhaus durch.

Mir polterte das Herz, ich blieb stehen.

Vielleicht hatte ich doch gehofft, dass Traudels Haus eher an das Haus der Spinne erinnern würde, dass es schief stünde und lotterig wäre und beim nächsten Windstoss auseinanderfiele. Traudel hatte mich bemerkt.

Aber ich regte mich nicht.

Oh, wunderbar, rief sie. Ich wusste, du hast alles.

Ich hatte eine Kartuschenpresse, und damit hatte ich alles für sie.

Sie winkte heran und zog mich an meinem Ärmel durch die Tür.

Das wird der Nebeneingang sein, sagte sie.

Im Inneren es Rohbaus roch es nach Wald.

Riecht sehr gut, gell, sagte Traudel, der ganze gerodete Wald. Guck, die Schublade ist auch schon fertig, wo du dereinst –

In dem Winkel, der bereits eine Wand hatte, stand das Bett, und unter dem Bett die Schublade. Ich zog sie auf. Sie war so weit unbewohnt. Ich sah Traudel an. Meine Lippen zuckten, als hätten sie was gesagt, aber so schnell, dass weder Traudel noch ich es hätten hören können. Traudel nickte aufmunternd, dabei wackelte der Meter, der aus ihrer hinteren Hosentasche in die Luft ragte. Ich stieg in die Schublade. Eins Komma zwei Kubikmeter, das ist wahrscheinlich ungefähr genau mein Körpervolumen, denn ich musste mich etwas verrenken, und fand dann beinahe gescheit Platz.

Traudel schloss. Es wurde warm, es wurde auf berückende Weise behaglich in der Schublade.

Willst du einen Sirup?, fragte sie nach ein paar Minuten.

Nicht im Liegen, antwortete ich.

Dass Dinge aufhören, daran wollte ich nie glauben. Die es besser wissen, werden intervenieren. Der Tod und so weiter sei nötig, Teil einer täglichen Bewegung, der natürliche Prozess. Erde, Humus, Verwitterung. Ich bin informiert: Eine Leiche, dem Wald überlassen, ist in wenigen Tagen selbst ihren nächsten Verwandten unkenntlich geworden. Ihr Fleisch angefressen, und nun von Schmeissfliegen umgarnt und umhegt.

Traudel liess mich ein bisschen nachdenken, dann legte sie sich aufs Bett, ich hörte es, wenn sie nur eine ihrer Zehen bewegte.

Der Körper auf seinem Stück Wald wird vertrocknen. Die Körperflüssigkeit wird zurücktropfen in den Erdenbauch, natürlicher Kreislauf, ich weiss, ich weiss.

So müssen die Dinge aufhören. Das Körperwasser, die austretenden Liter, sickern Schicht um Schicht durch die Blätter, durch Moos, durch Grün, durch Braun, dann Schwarz, Pechschwarz, so wird mein, so wird Traudels Wasser, eines Tages Grundwasser.

Was denkst du Düsteres?, fragte Traudel.

Eines Tages sind wir Wasser.

Ist noch eine Weile hin.

Vorher baust du dieses Haus.

Genau.

Das trifft sich unwahrscheinlich gut, sagte ich, denn ich zieh aus, ich werde gehen, vielleicht brauchst du nebst der Kartuschenpresse auch noch meine Küche.

Wohin willst du gehen?, fragte Traudel.

Ich überlegte, den Namen einer beliebigen, fernen Stadt zu nennen, Aosta oder Ankara. Aber dann sagte ich bloss spröde und auf einmal sehr müde: keine Ahnung.

Traudel wusste wohl, dass mich ihr Optimismus, ihr nach vorn gewandter Blick schmerzte, ihre Pläne, in denen für mich kein Platz mehr war. Sie legte sich wieder aufs Bett, das Ohr, ich war mir sicher, an die Matratze gepresst. Auf derselben Höhe, aber ein paar Zentimeter weiter unten, blähten meine Lungen sich. Mein Kopf drückte gegen die Schultern, die Zehen waren gekrümmt, der Rücken kurz. Hier war kein Platz, um einen Abschiedsbrief zu schreiben. Irgendwann an jenem Abend würde auch Traudel das Licht in ihrem Rohbau löschen. Später würde ich davon erwachen, dass sie ihre Lider über mir aufschlägt. Dann würde ich vielleicht meine eigene Stimme hören, ins Dunkle würde ich sagen: Hallo.

ZUM BEISPIEL EIN NACHWORT

Steckt im Aufgeben nicht eine gewisse Melancholie, oder ist die Melancholie aus der Mode, wer weiß das schon?

Etel Adnan

1

Kaum warst du um die Ecke, schrieb ich: *Jetzt bist du um die Ecke*. Ich machte einen Punkt hinter *Ecke*. Jetzt bist du um die Ecke Punkt. Ich starrte abwechselnd diesen Satz und die Wand an. Eins von beiden kippte. Der Satz vom Papier, die Wand aus dem Zimmer.

All die Jahre war Ihr Beruf Geliebte?, hatte mal eine Interviewerin Etel Adnan gefragt. Etel Adnan hatte bejaht. Sie hätte tagsüber Tolstoi gelesen und auf den Abend gewartet. Ich stelle sie mir vor, als Geliebte im sechsten Stock eines Pariser Hochhauses. Als Geliebte, die tags wie nachts beschäftigt war. Sei es auch nur damit, zu lesen und die Tauben zu beobachten, wie sie auf dem Fenstersims unprofessionelle Nester bauen.

Bevor wir uns kennenlernten, hatte ich gerade ein paar letzte Lovestorys geschrieben, um mit dem Romantikzirkus abzuschliessen. Um erwachsen und entschieden weiterzugehen. Ich hatte eine Protagonistin sich furchtbar verlieben, ich hatte eine andere in eine Schublade steigen lassen, ich hatte den Figuren jede Gewissheit über sich selbst entzogen. Eine dritte liess ich in einer zu grossen Wohnung verzweifeln und zwei Figuren, die sich nicht kannten, jagte ich über einen Bergrücken. Ich hatte gerade erkannt, dass ich meinen eigenen Empfindungen nicht mehr über den Weg trauen konnte. Dass ich mich zu oft von der Erzählung der romantischen Liebe hatte verführen lassen, meine eigenen Empfindungen dahinter zurückgeblieben waren. Ich hatte also beschlossen, kein einziges verklärendes Liebesgedicht mehr zu schreiben. Fortan wollte ich meine Konzentration auf die Forderungen der unmittelbaren Gegenwart richten, auf Gräser, auf Ungleichheiten, auf die Fragen der Kinder von nebenan und auf den Schnitz Melone, der schon ein paar Tage auf der Mauer lag, die Kerne entfernt, bereit zum Verzehr. So süss und saftig die romantischen Gefühle waren, ich würde sie von nun an ganz einfach: verschmähen. Ich hatte gerade in die Schale mit den Erdnüsschen gegriffen, als du reinkamst. Ich wischte mir die Hand an meiner Hose ab.

Nachdem Etel Adnan einige Jahre als Geliebte gearbeitet hatte, bildete sie sich weiter im Bereich der Philosophie und Literatur. Sie lehrte bald Kunstphilosophie, und begann selbst zu malen. Vielleicht arbeitete sie auch als Geliebte noch ein bisschen weiter, oder es gab eine Verschiebung: Der erste Beruf wurde zu einem Hobby: Ich bin Geliebte, in meiner Freizeit, und spiele gerne Tennis.

Inzwischen denke ich, es wird sich um einen Übersetzungsfehler handeln. Geliebte ist kein Beruf, so wie auch Dirigierte, Hausgewartete, Therapierte, Verarztete keine Berufe sind. Wohl ist der Beruf, von dem Etel sprach: Amante, Liebhaber:in.

Ich sagte dir noch an der Bar, eine Tonne Erdnüsschen im Magen, ich wolle nicht mehr wach bleiben wegen eines Typen, auch nicht deinetwegen. Ich wolle tief schlafen, und ich wolle, dass kein einziger Mensch, nebst mir selbst, mich noch davon abhalte.

2

Durch den Vorhang beobachtete ich drei Wochen später das Flackern in der Wohnung nebenan. Auf einem Fernseher wurde ein glänzender Himmel gezeigt, durch den ruckartig Vögel bogen, vielleicht war es auch das Eis eines Hockeyfelds. Die Nachbar:innen sind auch noch wach, dachte ich. Deine Hand baumelte über den Bettrand.

Kannst du nicht schlafen?, fragtest du.

Ich habe einen Puls von hundertzwanzig.

Du strecktest deine Hand aus, sie umfasste mein Handgelenk.

Vor ein paar Wochen hätte mir eine solche Geste nichts anhaben können: Umfassung eines Gelenks. Die Sache war für mich erledigt gewesen. Aber jetzt presstest du deine Finger an meine Haut, und was Mieses presste auf irgendeinen Knopf, wie bei einer Sodamaschine. Blasen stiegen rasch auf, versammelten sich in unseren Köpfen. Und über unseren Köpfen und über dem Dach und hinter den Atmosphären: ein Mond. Der ging wie eine perfekt ausgestanzte Schablone einmal quer über den Himmel.

*

Jaja, der Mond. Ich erinnere, wie ich an Weihnachten 2000 auf dem Rücksitz eines Subarus begriff, dass der mitwandert. Dafür sorgt, dass er bei jeder Geschichte dabei ist. In jeder zu beleuchtenden Nachtszene.

Ich schüttelte meine Hand in deinem Griff, dann klaubte ich meine Decke, wechselte Zimmer, rollte mich auf dem Sofa zusammen. Irgendwann rollten auch die Gedanken sich zusammen. Als ich endlich einschlief, war längst Morgen geworden.

3

Etel Adnan wurde Dichterin. Eine Dichterin tut andere Dinge als eine Geliebte. Sie liest zwar auch, aber tagsüber wandert sie durch die Gegend und nimmt sich alles, was sie kriegt. Sie nimmt sich die Öde eines Nachmittags und den feinsten Regen, die Schlagzeilen und die Abluft aus einem Schacht, die an den Ecken der Gratiszeitungen reisst. Sie wandert durch die Stadt und durch ihre eigenen Korridore. Sie nimmt sich alles, was ihr heilig ist. Sie nimmt sich alles, was dir heilig ist. Sie nimmt dir den Saft aus dem Mund und den Ausdruck vom Gesicht und die Berührungen, die du ihr gibst, steckt sie ein. Just nachdem du um die Ecke bist, schüttet sie das Geklaute auf ihr Papier. Und damit macht die Dichterin dann Geld. Extrem viel Geld.

*

Die Dichterin könnte es so genial tun, dass sie damit keinen einzigen Cent verdienen wird.

*

Wie jedesmal fasste ich den Plan, nichts von dieser beginnenden Geschichte zu notieren. Den Laptop wie ein Frisbee durchs Fenster, Stifte knacken. Für einmal wortlos in eine Geschichte hinein. Nichts klauen, nichts vorwegnehmen. Kein Doppelleben auf Papier. Ich kam mir vor wie eine Praktikantin am ersten Tag einer neuen Anstellung. Mit leeren Händen, die sie mal hinter dem Rücken verschränkt hat, mal an ihren Seiten hängen lässt.

*

Nachdem wir zum ersten Mal zusammen geschlafen hatten, kriegte ich Heisshunger. Du fülltest eine Schüssel mit Erdnüsschen. Ich traute mich nicht zu sagen, dass ich was Nahrhafteres brauchte. Ich ass aus der Schüssel wie ein Hund mit zu grossen Pfoten. Du unterdessen asst eine jener Halswehpastillen, die nach einer Minute im Mund wie ein Waschmittel zu schäumen beginnen. Du schäumtest neben mir, später griffst du nach dem allerletzten Erdnüsschen, als sonst nur noch Salz und Fett in der Schüssel war. Wir falteten uns zusammen auf deiner alten Matratze. Beim gemeinsamen Einschlafen verwickelten sich unsere Arme, aber was schreibe ich da, ich schlief doch gar nicht. Während es dir gelang, zwischenzeitlich abzudriften, hatte ich bis zum Morgen zweitausenddreihundertachtzehn Schafe gezählt.

*

Ich kann vor mir nichts verstecken. Spätestens um drei Uhr morgens fallen dem Zimmer alle Wände aus.

Bist du noch wach?, du flüstertest.
Ja, sagte ich.
Soll ich rüber aufs Sofa?
Schon gut.
Soll ich dich nach Hause begleiten?, fragest du.
Nein, sagte ich nach einer Weile.

So wie andere nicht essen, so wie andere nur essen, so wie andere nur schlafen, die ganzen Unsicherheiten verschlafen, um in einer anderen Jahreszeit zu erwachen, so schlief ich nicht. So lag ich wach und ohne Licht notierte ich ein paar Bedenken. Immerhin: Sie waren unleserlich am nächsten Morgen.

*

Klaut die Erfahrung der Dichterin die Sprache? Oder klaut die Dichterin die Erfahrung? Oder klaut die Sprache der Dichterin die Erfahrung? Oder klaut hier vielleicht gar niemand? Wird hier grosszügig geschenkt?

4

Du schenktest mir allerlei, zum Beispiel Blumen, mein Zimmer war bald voll mit Blumen. Zwei Freundinnen kamen herbei. Sie rochen an den Blumen und liehen sie aus. Einmal fand ich nicht schnell genug eine

Vase, also lagen deine Lilien kurz rum. Die Gedichte, die ich bald wieder täglich schrieb, ich las sie im Stehen, mit ausgestrecktem Arm.

*

Vielleicht schenkt die Dichterin nicht, sondern weiss bloss nicht, wohin mit ihrer Zärtlichkeit. Wenn du was last, den Bleistift im Mundwinkel, schrieb ich: *Du liest, den Bleistift im Mundwinkel.* Wenn du fragtest: Schläfst du?, schrieb ich: *Du fragst: Schläfst du.* Ich verdoppelte das Geschehende, zog es auf Papier. Dort würde ich es später wiederfinden, als eine Art nüchterne Liebkosung, dort lese ich es heute wieder und ziehe eine vergangene Wirklichkeit zurück in mein Zimmer. Gerade jetzt. Eine dieser kleinen, felligen Mücken, die aussehen, als hätten sie ein einziges, dickes Haar auf der Stirn, schwebt um meine Nase. Schwebt zu meinem Mund. Ich werfe sie mit einem nachdrücklichen Ausatmen aus ihrer Flugbahn. Gerade jetzt: die Melonenschale auf der Mauer geschrumpelt und das Fruchtfleisch über der Mauer ausgelaufen.

Du nuscheltest manchmal.

Ich fragte in einer erfundenen Sprache nach: Tschen Senhar Kasei?

Du sagtest: Hierde Fenx irti.

Eine Weile lang redeten wir in je unserer erfundene Sprache.

*

Oder hält die Dichterin mit ihren Worten eine Satzlänge Abstand? Zieht die Welt nicht heran, sondern hält sie sich vom Leib? Weil ihr das Leben in seiner alltäglichen Penetranz stets ein Stück zu nahe tritt?

*

Goldene, in der Zugluft flatternde Streifen aus Glanzpapier, blau auch, violett, dann Blumen, dort auf der Bar, Plastik oder echt, alles da. Ein Fest in einem Keller. Du kamst herein und zitiertest ein Gedicht aus dem letzten Jahrhundert. Ich hatte Erdnüsschen geschluckt, nichts zitiert, mit Löffelchen zuerst, dann mit der ganzen Hand die Nüsse aus dem Sektglas geschaufelt. Um ein Uhr morgens trugst du *Ich weiss nicht mehr wo Vögel singen* vor, am Bartresen, sodass in meinem Gehirn eine Lücke entstand, ich nicht mehr wusste, wo ich dich schon mal gesehen hatte und weshalb ich deinen Namen kannte. Meine Bilderzeugungsmaschine stockte, ich hörte nur noch Laute. Und als du fertig zitiert hattest, stand mir kein einziges Wort mehr zur Seite.

Ich glaub, ich bin dann noch einmal rüber in den Tanzraum, im Lichtflackern mich verrenken.

Später fuhr ich auf einem viel zu kleinen Fahrrad nach Hause, das weiss ich noch und wie ich in meinem

Bett gegen drei Uhr morgens nach dem von dir zitierten Gedicht gegoogelt habe.

Kann sein, ich dachte an dich, noch einige Tage, in einer halbbewussten Nebensächlichkeit, so wie einem ein eingängiges Lied noch ein paar Tage nachgeht.

*

Etel Adnan, Philosophieprofessorin, Dichterin, Malerin und Freizeitgeliebte, erwähnte nie, dass Schreiben Klauen sei. In den Gesprächen, die Laure Adler mit ihr in den letzten Jahren führte, sagte sie, dass wir Poesie bräuchten für Momente von Klarheit. Klarheit in diesem Geschnatter und Chaos, und meinte damit die Welt im Jahr 2021. Das Schreiben lege etwas für uns frei. Die Dichterin schält in dem Sinne die Schichten von der Wirklichkeit, die sie verdecken. Sie schält Unwesentliches und Offensichtliches weg, bündelt die Aufmerksamkeit für einen Moment von Ruhe und Klarheit.

*

Die Dichterin in diesem Text allerdings hat dich längst eingesteckt, ja, sie hat deine gesamte Lebendigkeit in einem geräumigen Sack verstaut. Jetzt geht sie in ihr Zimmer, schliesst die Türe, rückt die Wände nah heran. Dieses Mal misst sie nicht alle Buchstaben ab und verteilt sie ordentlich und schiebt sie wochenlang hin und her auf Papier. Dieses Mal öffnet sie den Sack, schnalzt mit der Zunge. Sie ist ein Monster, ein ungeheuerliches Tier, aber zu müde, um irgendwem Angst zu machen. Sie schüttet das Gesammelte auf dem Boden aus. Es stürzt und poltert und summt und ächzt, es blinkt und schweigt aus dem Sack, poltert auf den Plastikboden, so einiges, was die Dichterin da gesammelt hat in den vergangenen Monaten. Sie selbst legt sich aufs Laminat. Mit ihrem Schwanz kann sie alles zu sich heranwischen. Sie wischt euren Anfang, ein paar Erdnüsschen, sie wischt die Tränen, die dir im Liegen einmal quer übers Gesicht liefen, sie frisst deine Frage, wovor sie, die Dichterin, sich denn dermassen fürchte, sie frisst ein Haar, das sie in ihrem Geldbeutel fand wie heimliches Pfand, sie frisst deine Bereitschaft, deine Nachsicht, wenn du um drei Uhr nachts gingst, um sie schlafen zu lassen, sie frisst sie auf. Eine Erinnerung um die andere. Eine Möglichkeit um die andere.

*

Später, da die Augen über die restlichen Worte gewandert sind und hier angekommen, wird es sehr ruhig auf dem Papier. Von einem Du, von einem Ich, von der Dichterin selbst, nichts ist übrig. Dann bleibt einzig der schön gestanzte Mond, der rollt mitsamt seinem Licht und unaufhörlich vom einen ans andere Ende der Zeile.

WEITERE LEBENSERHALTENDE ORGANE

Ich danke Voland & Quist fürs Ermöglichen. Ich danke Helge fürs Lektorat. Dem Kanton Bern für die Förderung. Dem LCB und Pro Helvetia für drei Monate Ruhe in Zimmer elf. Ich danke meinem Grossvater für die finanzielle Unterstützung. Ich danke X Schneeberger fürs Mentorat. Chiara, Levin, Martin, Sarah für Kommentare am Text. Ich danke all denen, die auch zum hundertsten Titelvorschlag noch etwas oder auch nichts mehr zu sagen wussten. Ich danke den Liebhaber*innen und Freund*innen, die diese Texte lebendig werden liessen. Danke für Euer beharrliches Dasein.

Noemi Somalvico, 1994 in Solothurn geboren, studierte Literarisches Schreiben in Biel, Contemporary Arts Practice in Bern und ging dazwischen allerlei Beschäftigungen nach. Anfang 2022 erschien bei Voland & Quist ihr Debüt »Ist hier das Jenseits, fragt Schwein«, das mehrfach ausgezeichnet wurde. 2023 war sie zu Gast im Literarischen Colloquium Berlin, wo sie an ihren neuen Texten gearbeitet hat.

1. Auflage 2024

ISBN 978-3-86391-421-9
www.voland-quist.de

Lektorat: Helge Pfannenschmidt
Korrektorat: Arne Seidel
Umschlaggestaltung und Satz: Guerillagrafik
Druck und Bindung: BALTO print, Litauen